D病房實習夜

WARD D

FREIDA MCFADDEN

芙麗達・麥法登——著　周倩如——譯

1 現今

親愛的艾咪．布里納，

今晚安排你在我們重點監控精神病房，D病房值夜班。

值班時，請遵守以下規則：

- 院方將給你一組用於離開D病房的數字密碼。除非是緊急情況，否則值班期間不得離開病房。
- 請勿向病人透露任何個人資訊，包括你私生活的細節或住家地址。
- 下列物品禁止攜入D病房：酒精、易燃液體、圖釘、筆、針、釘書機、迴紋針、安全別針、指甲銼刀、鑷子、指甲剪、菸草、電子菸、塑膠袋、刮鬍刀片、武器或任何可能作為武器的物品。
- 請勿在值班期間睡覺。

今晚值班的是貝克醫生。請於抵達D病房後向值班醫師報到。

敬啟，

寶琳・沃爾特

精神科主任行政助理。

普切特太太無法入睡。

至少，她上次在我於此實習兩週時來看診時，是無法入睡的。我跟著一位名叫席佛醫生的精神科醫師學習。我在心中默默幫他取了「瞌睡醫生」的綽號，因為他看診的病人裡，有百分之八十是為了睡眠問題而來。醫學院精神科的實習課程應該要讓我接觸到一般的門診實務，包括憂鬱症、焦慮症、精神病等，但實際上這裡幾乎都是睡眠問題。不過，我並不介意。

我仍有普切特太太上次來看診時我寫在小筆記本裡的筆記。現在一看，我才發現我的字跡有多潦草難辨。除了知道她是六十四歲外，我只看得懂兩行字：

無法入睡。

以及：

貓

我在「貓」這個字底下劃了幾條線，所以應該很重要，但我看不懂我在那個字下面寫了什麼。八成跟貓有關。也許是她想睡覺的時候，她家的貓坐到她的臉上。我以前就發生過這種事。

普切特太太端正地坐在診療室裡，灰白短髮梳成整齊的鮑伯頭，大大的粉紅色手提包緊握在腿上。這間診療室與我以往見過的不同，沒有可升降的檢查台，只是一間擺了兩張木椅的房間。普切特太太坐在其中一張木椅上，我會在另一張木椅上坐下。等瞌睡先生進來後，我會起身讓他坐下，我則在他們旁邊尷尬徘徊。

「艾咪！」我走進診療室時，普切特太太叫道。「真高興見到你啊，親愛的！」

「喔？」這跟平常那些睡眼惺忪跟我打招呼的病人大不相同。「你睡得怎麼樣？」

「好多了——多虧了你！」

「真的嗎？」我盡量不讓語氣聽起來太驚訝，但很難不露餡，因為我什麼事都沒做。

「是啊！」她對我燦爛一笑。「其他人只是開一大堆安眠藥給我，但你會跟我說話。更重要的是，你會傾聽。我這才明白我睡不著的原因，因為鬍鬚仔六個月前過世後，我太想他了。」

喔，貓。現在一切都合理了。「很高興能幫上忙。」

她含淚微笑。「這也是為什麼跟你聊過之後，我回去幫自己領養了一隻全新的小貓。自從帶毛毛回家後，我睡得像嬰兒一樣。這全是你的功勞。因為你花時間傾聽。」

我能說什麼呢？身為一個醫學生，我的知識不夠多，但我有大把時間與病人相處。而這是好事，因為普切特太太緊接著拿出五億張新小貓的拍立得照片給我看。

「另外。」我們看完照片後，她說。「為了表示感謝，我有個禮物要送你！」

禮物？真的假的？哇，這是兩年多來在我身上發生過最興奮的事了。

然而，普切特太太從座位上起身時，我的興奮之情消退不少。等她從診療室後方拿起一幅我剛剛沒注意到的巨大畫作時，我必須說，興奮的感覺完全消失了。那幅畫本來背對著我們，但現在我可以看得一清二楚。

那是一幅貓咪的畫像。

尺寸差不多跟我一樣大。

「這是我請人幫鬍鬚仔畫的畫像。」普切特太太自豪地說。「希望你能收下。」

「喔。」我說。「呃，謝謝！」

在這幅巨大的肖象畫中是一隻栩栩如生的黑貓。畫裡的貓咪顯然比真實的貓要大得多，除非鬍鬚仔是山貓，或是一隻小獅子。而且，為什麼他在畫裡看起來那麼生氣？

「不覺得畫得跟真的一樣嗎？」普切特太太說。

沒錯。他看起來真的就像準備從畫裡跳出來撲倒我似的。

我把那幅畫拖出診療室，不確定該把這玩意兒放在我那間小公寓的什麼地方。我目前暫時把它放在走廊上。

瞌睡醫生在我和普切特太太隔壁的辦公室工作。那間辦公室有一張書桌，桌上放了一台電腦。我敲敲辦公室敞開的門，瞌睡醫生正在敲打鍵盤。他抬頭看我，把鼻梁上的半月形閱讀眼鏡往上推，給我他一貫的溫柔笑容。

「你好，艾咪。」瞌睡醫生總是用這種近乎單調的平淡語氣說話。我很確定他光靠他的嗓音就能讓多數的病人昏昏欲睡。他們離開診間後，可能立刻就在車上睡著，甚至是在開車的時候。

「你準備好了嗎？」

「準備好了。」我說。

「那好，跟我說說普切特太太的事吧。」

我把寫在小筆記本上有關普切特太太的資料全部唸一遍。瞌睡醫生靜靜地聽，在適當的時候發出輕微的嗯哼聲。我提到那幅貓咪畫像，希望他能幫忙處理掉，可惜事與願違。

「大概就是這樣。」我說。

瞌睡醫生若有所思地摸著他的山羊鬍。「那你呢？你還好嗎，艾咪？你看起來也不是睡得很好。」

他說得對——我昨晚確實睡得不太好。我敢說我的黑眼圈一定很深。「我只是有點緊張，我今晚要去D病房值班。」

「啊，原來如此。」他竟然認為我昨晚花了大半時間在擔心去重點監控病房值班很正常，我不確定我現在有多不安。「D病房確實有挑戰性，但我想你今晚會學到很多。你的值班醫師是誰？」

「貝克醫生。」

他點頭表示認可。「他是我認識最優秀的精神科醫生之一，也是很棒的老師。你今晚一定會收穫良多。」

我強烈懷疑。

「沒什麼好擔心的。」他用他那撫慰人心的平靜語氣說道。「別忘了，你會收到離開病房的密碼。你隨時可以離開。」

沒錯。精神病房有個六位數的密碼控制上鎖的房門。但我連電話號碼都記不住了。萬一我忘記密碼，豈不是會被困住？到時候該怎麼辦？

他微微一笑安撫我。「你過去兩個禮拜在這裡做得很好，艾咪。所有病患都告訴我你是個很棒的傾聽者。很多學生似乎都忘了精神病患跟我們一樣也是人。他們只是希望自己越來越好，而身為醫生，我們一部分的責任就是盡量給他們最好的照顧。」

「我知道。」

他把頭歪過一邊，如往常那樣若有所思地看著我。「艾咪，你為什麼那麼擔心呢？」

「我只是覺得這好像很……危險。」

「你會沒事的。」他用那雙水汪汪的藍眼睛平靜地看著我。「所有病患都有服藥，病情控制得非常好。不用擔心。」

這聽起來像在說謊。如果他們都控制得那麼好，病房就不必上鎖了，不是嗎？但那不是我害怕在D病房值夜班的真正原因。我不能告訴瞌睡醫生我昨晚輾轉難眠的真正原因。我不能告訴任何人我對D病房怕得要命的真正原因。

「聽著。」瞌睡醫生低頭看一眼手腕上的金錶。「讓我來幫普切特太太把診看完，你可以早點離開？在前往D病房前，留點自己的時間休息一下。」

留點自己的時間聽起來太完美了。我已經很少有自己的時間了。

「真的很謝謝你。」我說。

他對我眨眨眼。「不客氣。別擔心，等你到了D病房，你會發現一切沒那麼糟。我向你保證。」

我忍住沒有告訴他真相。事實是，我已經見過D病房了。我大概十年前去過那裡一次。當時我最好的朋友是那裡的病人。

我還記得我去探望她時，她那凌亂的頭髮和瘋狂的雙眼。她看起來完全不像我最好的朋友了——更像關在籠子裡的野獸。但最讓我揮之不去的——最令我永生難忘的——是我衝出病房、暗自發誓永遠不會再回到這裡之前，她對我吐出的那句話：

你才是應該關在這裡的人，艾咪。

2

接下來的十三個小時，我即將待在一個上鎖的精神病房。

我坐在我室友蓋比第三手灰色豐田汽車的副駕駛座上，努力不去多想。（這輛車先是她爸爸的，然後是她哥哥的，現在是她的——再過不久，就會變成廢棄物處理場的財產了。）她好心說要載我去醫院上夜班，而我的夜班將在二十分鐘後開始，感覺就像處決前的倒數計時。

「別那麼大驚小怪，艾咪。」蓋比對我說。過去兩週的白天，她都在D病房工作，她不明白我在擔心什麼。她第一週還跟貝克醫生一起值過班，而且非常喜歡他。「一切都會沒事的。」

當然，此刻的我更慌張的是蓋比剛剛停都沒停就闖過一個紅燈。蓋比大概是長島第二差勁的駕駛（不用說，第一名是我）。但話說回來，要是蓋比開車撞上一棵樹，我今天就不用值班了。生平頭一次，我希望我們能發生一場嚴重的車禍。

好吧，也許不用到嚴重的程度，足以送醫院就夠了。像是讓不重要的小指骨折之類的。

「你今晚跟誰一起值班？」蓋比問我。

「史蒂芬妮。」

「喔！」她的表情亮了起來。「史蒂芬妮人超好的。你真幸運。」

我不得不同意她說的話。史蒂芬妮．馬戈利斯是我眾多同學之中比較穩重的那個。她是考試前一天你會想要一起念書的那種人，因為她成績好，但不會因此自視甚高。她在任何房間都散發一種讓人平靜的氣質。知道今晚她會和我在一起，讓我對整件事感覺好多了。

蓋比撥了一下她濃密的黑色捲髮，手卻不小心卡住了。那一刻我真的很怕我必須抓住方向盤接手駕駛，她則必須用雙手才能解開手指。但後來她控制住了。

我的手機在大腿邊震動。我拿出手機時，看見被自己咬得亂七八糟的指甲，忍不住嚇了一跳——要不是已經沒東西可咬，我現在一定會拚命咬指甲。卡麥隆．伯格這個名字出現在手機螢幕上，接著是一則訊息：

嘿。

我以為現在沒有任何事能讓我的心情更糟了，但顯然還有。那就是前男友的訊息，他最近才以非常羞辱人的方式與我分手。

「是誰？」蓋比問我。

「卡麥隆。」我說。

她做了個鬼臉。分手後，為我遞衛生紙的人就是蓋比，她甚至幫我搭了一個小小的前男友篝火，讓我把卡麥隆留在我家的所有東西都燒掉。「那混蛋有什麼話好說？」

「他說，『嘿。』」

「真不要臉！」她在喇叭上按了一下，前面那輛車的駕駛八成嚇了一跳，因為他什麼事也沒做。「你不會回覆他吧。」

「當然不會。」

「我不懂你為什麼不直接封鎖他算了！」

她說得對——我是應該封鎖他。我會這麼做。

也許明天吧。

我們轉個彎，醫院映入眼簾——醫院是一棟新建的圓形建築物，病房呈環狀排列。建築概念在於擁有超現代的外觀，彷彿我們住在不遠的未來。過去兩年，我一直在這棟醫院裡上課：解剖學、生理學、病理學、微生物學等等。如今，我們總算用上醫院真正的用途：與病人看診，學習如何成為一名醫生。這是我一輩子夢想的目標。

雖說我從未想過成為一名精神科醫師。在我考慮過的所有專科裡，精神科是唯一一個我連想都沒想過的。

蓋比在繁忙的醫院大門前緊急煞車，差點撞上一個坐輪椅的先生。「我們到了！」

「我們到了。」我重複說道，抓住腿上的褐色紙袋，裡面裝著烤起司三明治和我在櫥櫃裡找到的一包洋芋片。紙袋被我抓得都皺了。

「別擔心。」她說。「你會沒事的。」

「我進去會傳訊息給你。」我想加上一句：如果你超過一小時沒收到我的消息，記得報警。

「其實……」蓋比用手指繞著一束黑髮。「那裡的訊號很差。老實說，幾乎是……沒有訊號。」

我瞠目結舌地看著她。我以為我對今晚的感受不可能再更差了，但顯然不是。「你怎麼沒跟我說！」

「你心情已經那麼差了，我不想讓你更難受嘛！」

我仰頭噘起嘴。「最起碼我可以先做好心理準備。」

「聽著。」她說。「如果你走進員工休息室，把手機拿到窗邊舉高——真的貼著窗戶——你就可以收到一兩格訊號。」

看來我今晚大部分時間都要待在員工休息室，把手機貼在窗戶上了。

「我明天早上七點整來接你。」蓋比說。「我帶你去吃鬆餅。」

我覺得很抱歉，在星期六早上七點把蓋比拖來醫院，不過，今年說要嘗試共乘是她的主意。至今多數時候，感覺都像是一場失敗的實驗，但我們仍在努力。不管怎樣，想到明早能跳上蓋比的車，一起去當地的餐廳吃鬆餅，讓我有了值得期待的事。

「好。」我說完，但沒有下車。我在副駕駛座上紋風不動。

「艾咪。」她皺眉看著我。「你得冷靜點。你到底在擔心什麼？」

這是瞌睡醫生問過我的問題。我張開嘴，恨不得把一切統統告訴她，但我知道我不能。只有一個人知道真相，那就是潔德。我絕對不能告訴任何人。爸媽不行，蓋比也不行……在我發現卡麥隆是混蛋之前，甚至對他也說不出口。

「萬一，」我靜靜地說。「夜班結束後，他們搞糊塗了，以為我是那裡的病人，不讓我離開怎麼辦？」

蓋比盯著我一會兒。幾秒後，她大笑出聲。那充滿活力的蓋比式大笑總是讓我想要跟著笑，但今天例外。「喔，天啊，艾咪。你真搞笑。」

她以為我在開玩笑。

我抬頭凝視著高聳在眼前的十五層樓醫院。儘管時值七月，但看樣子就快下雨了，因為太陽已經沉入天際，屋頂開始聚集厚厚的烏雲，讓醫院籠罩一種不祥的氣氛。我從未如此害怕過。

但我只是在犯傻。那已經是很久以前發生的事了。頂多是一場遙遠的回憶。

一切都會沒事的。

3

八年前

我好喜歡這件毛衣。真的好喜歡。

我向來不是很愛穿毛衣，但這個粉紅色完美襯托我的膚色。柔軟的布料摸起來就像雲朵一樣。我在一家繁忙購物中心的服飾店裡，轉來轉去欣賞鏡子裡的自己。

「你穿這件毛衣超好看的。」

聽見我朋友潔德．卡本特的聲音，我稍微嚇了一跳。說來也好笑，她是我所認識最開朗、嗓門最大的人，但有時候，她又可以像潛行忍者一樣偷偷摸摸走到你身邊。我轉身，她就站在我後面，搖搖晃晃地靠在一排穿在她身上八成太大的二號藍色牛仔褲上。

「真的嗎？」我說著，再次伸手撫摸布料。

「真的！」潔德把一縷筆直的金髮塞到耳後。她今早眼妝畫得太濃，我很怕下次她眨眼的時候，睫毛會打在我的臉上。「你從來不給自己買新衣服，艾咪。你總是穿同樣的衣服。」

這句話也不算完全錯誤。是，大家通常可以看到我穿著藍色牛仔褲和超大的連帽衫。但我喜歡連帽衫。連帽衫暖和又舒服，如果下雨了，還可以把帽子戴起來，簡直是完美的衣服！

「買吧。」潔德說。「相信我。」

說完這些睿智的話，潔德就離開自行購物去了。潔德離開店裡前，至少會買一件新衣服，或是兩件。還有一些首飾。她向來如此。

或許我也該破例這麼做。我媽給了我一些錢——兩張嶄新的二十元鈔票。我把其中一張拿去買蜜桃冰茶了（全世界我最愛的飲料），但另一張仍躺在錢包裡。我可以幫自己買件毛衣。難得一次，我可以穿穿除了連帽衫以外的漂亮衣服。星期一穿這件毛衣去學校炫耀一番肯定很有趣。

我拿起掛在毛衣袖子上的價格標籤，驚訝得張大嘴巴。

很好，我今天不會買這件毛衣了。

我抖抖毛衣，放上衣架，再掛回吊衣桿，努力壓抑渴望。一件蠢毛衣怎麼會賣那麼貴？那不就是一堆毛線而已嗎？我得趕快離開，免得對它產生某種危險的依戀。

我站在服飾店中央，忍著不去撫摸那件禁忌毛衣時，發現有個小女孩站在衣架的另一邊。她大概六、七歲，穿著一件和毛衣顏色一樣的粉紅色洋裝，臉頰周圍披著金色捲髮。她非常可愛，尤其是她對我露出缺了顆牙的笑容時。

「你穿那件毛衣一定會很好看。」她用她甜美小女孩的嗓音說。

「喔，謝謝。」我說。

「你應該買下來。」

我對小女孩懊惱一笑。「可惜，毛衣有點太貴了。」

小女孩抬頭看我。她的雙眼非常蔚藍，彷彿兩潭完美的海水，鑲著黑色的長睫毛。「那你應該把毛衣拿走。」她說。

什麼？

我盯著這個小女孩，心想我一定是聽錯了。我好奇她爸媽在哪裡。那麼小的孩子不應該獨自一人，不是嗎？「你說什麼？」

小女孩再次露出她缺了牙的微笑。「沒人會看見。」她說。「這間店很大，他們不會發現的。」

她說得對。芮卡朵佔地極大，而且現場的銷售人員非常少。如果我把毛衣塞進後背包，沒人會注意到。我可以直接帶著毛衣離開這裡，一毛錢都不用花。

但我不能這麼做，這可是偷竊啊！我這輩子從來沒偷過東西，連一包口香糖都沒偷過，更別說一件毛衣了。

我正準備向小女孩解釋偷東西是不對的，這時一隻手握住我的前臂。潔德站在我旁邊，那雙夾雜黃色斑點的藍眼睛閃爍著狂野。她挪了挪總是揹在肩上的紅色皮包。

「嘿，艾咪。」她說。「我要走了，我們離開這裡吧。」

我還來不及抗議，潔德就拉著我往出口走去。也好，反正我錢包裡只有三十七塊錢，根本買不起我真正喜歡的東西。

「你想去隔壁的莎莉服飾店嗎？」我們在衣架之間繞來繞去往出口前進時，我說。「那裡的東西比較便宜。」

「好啊，再看看。」

「或者我可以再買一杯蜜桃冰茶？」

潔德放聲大笑。「我敢說如果我把你剖開，你的血液有百分之九十都是蜜桃冰茶。」

我能說什麼呢？我就是喜歡蜜桃冰茶。更糟糕的壞習慣多的是。

來到店門口時，潔德纖瘦的手仍然握著我的手腕。我們穿過大門時，立刻響起一陣震耳欲聾的警報聲。我驚訝得愣在原地，潔德把我的手抓得更緊了。

「快跑。」她吩咐我。

我還沒反應過來，就跟著潔德一起開跑。後方一個聲音大叫著要我們停下來，但到了這個節骨眼，顯然不能停了。我們在購物中心狂奔，穿梭在許多帶著小孩的家庭之間，我有一度差點被一輛嬰兒推車絆倒。潔德也差點撞到一個拄著拐杖的婦人。但轉了兩個彎後，潔德把我拉進一個小角落，我們才終於停下腳步。

潔德氣喘吁吁，開心大笑。她的臉頰染上紅暈，淺金髮凌亂不堪。「喔，我的老天啊。」她說。

我雙手抱胸，揉著側邊抽筋的地方。「搞什麼？」我問。雖然我恐怕早就知道了。

潔德打開她的紅色皮包。我探頭看，包裡塞著一件標籤未拆的上衣。

「潔德！」我大聲說。「我真不敢相信！」

她聳聳肩。「那家店實在有夠貴的。我別無選擇！反正這沒什麼大不了的。」我和潔德從幼兒園第一天起就是最要好的朋友，當時我們發現我們穿著一模一樣的洋裝——胸口綴有粉色和紫色愛心的白洋裝。我們從九歲到十一歲的每個週末都會到對方家過夜，她知道我暗戀過的每個對象，也保證會誓死保守我的秘密。我再也沒有遇過像潔德・卡本特那麼好的朋友。

但最近，我覺得我快不認識她了。她以前跟我一樣：喜歡上學，喜歡看書，循規蹈矩。但過去一年來，她似乎總是有很多瘋狂的想法。例如，上禮拜凌晨兩點她打電話來，問我想不想闖進麥克洛斯基太太家的游泳池裸泳！不，我不想。

「你不該偷東西的，潔德。」我不想聽起來太囉嗦，教訓她偷東西是不對的，所以我只是說：「萬一你被抓怎麼辦？」

她揮揮手，彷彿一點也不在意。但我很在意。我們明年就要申請大學了。我不想在申請書上解釋為什麼我有偷竊的紀錄。

「大家都是這樣。」潔德銳利地看我一眼。「你真該拿走那件毛衣。你穿起來很好看。」

我嗤鼻一笑。「跟你說，剛剛那個小女孩也跟我說我應該把毛衣拿走。你能相信嗎？」

潔德從皮包裡拿出上衣舉高，欣賞繡在衣服上的閃亮文字。「什麼小女孩？」

「剛剛站在我旁邊的金髮小女孩啊。」

「我沒看到有什麼金髮小女孩站在你旁邊。你在說什麼啊，艾咪？」

我翻了個白眼。潔德的觀察力並不是特別敏銳。她怎麼可能沒注意到那個小女孩呢？那女孩穿著粉紅色的蓬蓬裙，孤零零一個人，非常顯眼，就站在我旁邊。

不是嗎？

4

現今

距離天亮還有：十三小時。

精神病房位於醫院的九樓。

我站在兩部厚重的金屬電梯門前，不確定希望電梯快點來還是慢點來。要是電梯不快點來，我就要遲到了。但另一方面，我站在這裡等電梯的每一刻都代表我不在上鎖的精神病房裡。所以也有好處。

等著等著，制服褲口袋裡的手機響了起來。想到很快不能使用手機，我就怕得要命。感覺就像被截肢似的。當然，這可能表示我過度依賴我的手機，很不健康，但我不在乎。我需要我的手機。什麼樣的地方連個訊號都沒有？實在太不人道了。

我從藍色制服褲的口袋裡撈出手機，希望是精神科的行政助理寶琳打來，告訴我院方到頭來不需要我去D病房值班。但想當然耳，不是她。是我媽。

太好了。

現在我最不想講電話的對象就是我媽了，但如果我不接電話，一旦訊號沒了，她一定會超慌張。最好還是接起電話，一了百了。

「嗨，媽。」我說著，其中一部電梯門總算打開。我就不搭這部了。

「艾咪。」她說。「最近怎麼樣？」

「很忙。」我說。「我今晚要熬夜念書。」好吧，我並沒有告訴我媽我要在D病房值夜班的事。我已經很焦慮了，她會比我更焦慮。這不是因為她的個性使然，而是因為她知道潔德曾經是這裡的病患。她知道一切的來龍去脈。

她不會希望我回D病房的。

「精神病學念得怎麼樣？」她問我。我可以隱約聽見背景處傳來他們二十年前買的那台小電視機正在播放晚間新聞的聲音。我爸每晚都準時觀看，規律得像時鐘。

「還行。」我告訴她。「輕輕鬆鬆。」

「你該不會有興趣——」

「沒有。」我打斷她。「我沒興趣走精神科的相關職業。完全沒有。」

我願意接受任何領域，外科、內科、婦產科都行。我甚至願意當那種整天看病人直腸的醫生，因為那是重要的工作，我願意去做。但我完全不想治療精神病患，這是我唯一一件打死也不做的事。

「好奇潔德現在過得怎麼樣。」我媽突然脫口說。

「我相信她過得很好。」我說，儘管我一點頭緒也沒有。

「你最近還有聽到她的消息嗎？」

幾年前，我收到潔德．卡本特的臉書好友邀請。但我沒有接受邀請，我封鎖了她。「沒有。」

「那次葬禮後我就沒見過她了……」

我湧上一股內疚感。兩年前，潔德的母親因為用藥過量過世了。後來才知道，她一直有在吸食毒品，有天一口氣吸太多，就停止呼吸了。葬禮當天正好是我第一次重要的解剖學考試，所以我沒有出席。我猜潔德大概也不會注意到我不在場，我們已經好久沒說話了。

不過有一部分的我相信她肯定注意到了，而且非常生氣。

「媽。」我低頭看看手錶，再抬頭看著前方咚一聲打開的電梯門。「我得掛電話了。」

「好吧，那晚安了，親愛的。愛你。」

「嗯哼。」我說。要我在公共場合對著電話說「愛你」總是讓我覺得很彆扭。然而掛電話後，我覺得很內疚。為什麼我不能告訴我自己的媽媽我愛她呢？這應該很簡單才對。

畢竟，萬一這通電話是我最後一次與她說話怎麼辦？

我把手機塞回口袋，不去想這個令人傷心的念頭。一群身穿印花制服的護理師跟著我一起擠進電梯門，最後我被擠到角落，但這正合我意。兩個護理師在我旁邊聊天，電梯門再次關上的那一刻，其中一人正用她宏亮的長島腔描述她昨晚的約會有多糟。

開始了……

我看著電梯鈕逐樓亮起，三樓、四樓、五樓……電梯似乎移動得非常緩慢。醫院的電梯不是應該動得更快才對嗎？萬一發生緊急狀況怎麼辦？萬一我心臟驟停怎麼辦？照這種速度，等我們到達心導管室時，我可能已經死了。

雖說我也不急著去九樓啦。不過事已至此，我只想趕快結束這件事。

「……然後他用他的叉子剔牙！」我前面的年輕護理師驚叫著說。

「好噁喔。」她的朋友說。

我忍不住想，我寧願跟用叉子剔牙的男人約會，交換今晚的夜班。天啊，就算他用叉子挖鼻屎都沒問題。

電梯門總算打開，一個帶有微微英國腔的電腦女聲說「九樓到了」。我踏出電梯，走廊上明亮的日光燈照亮牆上的每條裂縫。一個巨大的藍色招牌印著一個指向右邊的箭頭以及：

D病房

我不清楚為什麼精神病房稱之為D病房。當初蓋比開始值班時我問過她，但她也不知道。後來我就沒有進一步研究下去了。

我轉過彎後，在走廊盡頭看見一扇沉重的鐵門。我越走越近，隱約看見掛在門上的招牌。那是一個巨大的紅色招牌，上面寫著一串警告文字：

禁止進入

此門全天候上鎖

門邊裝了一個對講機，應該是用來聯絡護理站的。對講機下方有個鍵盤，供那些知道密碼的幸運兒使用。門邊還有另一樣東西。那東西讓我比一分鐘前更為今晚感到害怕了。

是卡麥隆．伯格。

喔，天啊。我前男友在這裡做什麼？他傳來的「嘿」就是在說這回事嗎？

「艾咪！」卡麥隆朝我拚命揮手，彷彿我在很遙遠的地方，可能會沒看見他。「你今晚也值班嗎？」

卡麥隆像我一樣穿著一件白色短外套和一條淺藍色的制服褲——八成同樣是在醫院三樓的醫學生書店買來的——只是他的尺寸比我大十號左右，因為他身材魁梧得像個美式足球員。他大學時期打過美式足球，但沒有厲害到足以打職業賽，而且他一直想成為一名骨科醫生，而不是職業運動員。

「卡麥隆。」我拘謹地說。「你在這裡做什麼？」

「我今晚值班。」他仰起頭，下巴向前突出，看起來像個富家紈絝子弟，就是小時候我媽常常逼我一起看的青春喜劇電影裡的那種。「你也是嗎？」

「史蒂芬妮人呢？今晚在這裡值班的另一個醫學生應該是她才對。」我控訴道。「都已經安排好了。」

他聳聳肩。「她有事要換班。」

好極了。今晚真是越來越精采了。

卡麥隆的淺棕髮一如往常微微蓋住他的雙眼。我也一如往常有衝動想幫他把頭髮撥開。不過我最好還是別這麼做，要是我把手伸高，可能會把他眼珠挖出來。「最近好嗎，艾咪？」

「很好。」

「還是跟蓋比住在一起嗎？」

「嗯哼。」

「不錯、不錯。」他搔了搔下巴上的鬍碴。「週末有什麼好玩的活動嗎？我是說，值完班後？」

「沒什麼計畫。」

「是嘛。」他若有所思地點點頭。「我也沒有。我最近過得挺平淡的。」

我不知道該說什麼，所以只是盯著他看。我不敢相信我整晚都得跟這個傢伙待在一起。最糟的不是他把我甩了——我以前被甩過，我還能應付。最糟的是他甩掉我的原因。

今年夏天，卡麥隆說他必須跟我分手，因為他想把他所有的精力放在準備醫師資格考試上，他擔心跟我在一起會影響學習。沒錯——他為了考試把我甩掉。真是打擊我自尊心的好方法。選艾咪還是考試、艾咪還是考試。這個嘛，答案再簡單不過。別忘了我也要考同樣的考試，我卻奇蹟似地有辦法也願意在學習和戀愛之間取得平衡。

我很慶幸我不知道今晚他要跟我一起值班。因為我可能會忍不住拿出我的小化妝包，或對我的深棕色頭髮做些什麼，而不是只是簡單綁成低馬尾。這樣一來，我大概永遠都會看不起自己。

他盯著我掏出手機，撥打精神科行政辦公室的電話。我按下通話鍵，暗自祈禱，卻也知道這時候所有人肯定都已經下班了。我屏住呼吸，聽著話筒另一端的鈴聲。

「看樣子今晚會挺有意思的。」卡麥隆說。

電話仍在響，已經第五聲了。「我想是吧。」

「您好，這裡是精神科主任行政助理寶琳．沃爾特的語音信箱。辦公室目前已關閉。請您留言，或於以下時段再次撥打……」

好極了，我就知道他們下班了。況且就算我聯絡上寶琳，我又要說什麼呢？我不能上這次安排的夜班，因為跟我一起輪班的學生幾個月前甩了我？這理由太薄弱了。

「你打給誰啊？」卡麥隆問。

我把手機塞回口袋。「沒事。」

「聽著，開心點。沒多少人有機會體驗在上鎖的精神病房過夜。想想其實滿酷的，你不覺得嗎？」

我揚起眉毛——他當然這麼想了。「所以你一點也不在意我們整晚都會被鎖在這裡？」

「有什麼好在意的？又不是說院方準備要折磨我們或實施電擊療法什麼的。況且，我們有離開的密碼。」

「萬一有病患攻擊我們怎麼辦？」

「這不太可能。」

不意外，卡麥隆毫無同理心。他的同理基因顯然出了問題。有同理基因這種東西嗎？我好像在遺傳學的課堂上學過。我還學到有一種病會讓你的尿液聞起來像楓糖漿。「好吧，隨便。我想你什麼都不在意吧。」

說完，我們便尷尬地站在原地。我好奇他要不要按鈴進去。總之我是不會按的。我寧願裝傻，站在外面一整晚。沒人讓我們進去——沒辦法嘍！

「聽著。」卡麥隆的臉頰染上紅暈——他每次覺得不自在的時候就會出現紅斑。「艾咪，我——」

我不知道卡麥隆要對我說什麼，我也永遠不會知道，因為我們面前的門突然發出震耳欲聾的警報聲。我們同時往後跳，不一會兒，傳來響亮的喀噠聲。通往精神病房的門鎖解開了。

卡麥隆挪到一邊。「女士優先。」

好樣的，這時候他就選擇做一位紳士了。

門一開，我的胃沉了下去。我滿腦子想的都是我不想待在這個病房。我想轉身衝下樓梯，離開醫院。我用盡所有的自制力才忍住沒這麼做。我真的、真的不想待在這裡。

而除了我過去那位最好的朋友外，沒人會明白為什麼。

5

八年前

潔德遲到了。

這不是新鮮事。起碼不是最近的新鮮事。過去一兩年，我的摯友時常留我一個人乾等。今天下午，我在校門口站了二十分鐘，卻完全不見她的蹤影。一開始，附近還聚集很多學生，但現在都已經散得差不多了，我可以確定她根本不在這裡。

好極了。

我和潔德今天本來相約要一起念書。我快被萊爾登老師的三角函數搞死了，而潔德的數學向來比我好。我需要這次複習，很快就要期中考了，要是我不開始多讀懂一些三角函數，我肯定會不及格。

我的手機在牛仔褲口袋裡震動。我拿出來，看見媽傳來一條訊息。

快到家了嗎？

我打字回傳：

快了。潔德要跟我回家一起念書。

好，待會兒見。愛你。

我把手機塞回口袋，喝一口蜜桃冰茶，同時環顧四周尋找潔德。我掃視操場外圍的欄杆，但潔德不可能在那裡。那是所有學生放學後運動的地方，而她從來不是個運動員。我無法想像潔德．卡本特跑操場的模樣。她也從未喜歡過運動型的男孩，她喜歡的是壞男孩。

我沿著欄杆一路看過去，驚訝地發現我不是一個人。有個小女孩站在草地上。事實上，她就是週末我在芮卡朵服飾店看到的那個有著一頭金色捲髮的小女孩，叫我偷走店裡毛衣的那個。

小女孩又是獨自一人。她站在一所高中校園裡，看起來比當初在芮卡朵的時候更加格格不入。她穿著跟那天一模一樣的粉紅色蕾絲洋裝，腳踩著成套的瑪麗珍鞋。她注意到我在盯著她看，對我露出缺了牙的微笑。我舉手打招呼，她也揮手回應。

也許她是這裡某個學生的妹妹。她八成是跟姊姊一起逛街，然後被姊姊獨自留下，這解釋了她為什麼會出現在芮卡朵。現在，他們又把她留在這裡。我最好去看看她是否安好。

「艾咪！」

我的肩膀被一隻長指甲戳了一下，我連忙轉身。潔德總算出現。她一臉濃妝，穿著一條黑色短裙，搭配破洞的網襪，完全超出念書所需的打扮。她身上飄出一種我說不出來的味道。

「天啊，你是怎麼了？」潔德揉了揉她那微微充血的雙眼。「我一直叫你，叫了有十次了吧！」

「我沒聽見。」我抓起被我放在地上、重到不行的後背包。「我很擔心那邊那個小女孩。」

她瞇眼看我。「什麼小女孩？」

我回頭看向操場。小女孩似乎離開了。喔好吧——我相信她沒事的。「當我沒說。準備好一起念書了嗎？」

計畫是去我家。我們以前總是去潔德家，但不知為什麼，她變得不太喜歡讓我過去。這真的很可惜，因為潔德的媽媽比我媽酷多了。首先，她從來不在家。家裡通常沒有大人。我也沒見過她爸爸。我甚至不確定潔德知不知道她爸是誰——她跟我說過他在海外當兵、說過他是去了月球的太空人，還有一次說他在她出生前就過世了。

「我現在不太想念書。」潔德說。「我已經念到好累了。我們何不到學校後面鬼混一下？」

我這才明白潔德身上飄出來的味道是什麼。原來她剛剛一直在學校後面跟一群有毒癮的孩子們抽大麻。

「潔德。」我說。「我真的需要念書。」

「呃，你老是在念書。」她的聲音變得傲嬌。「為什麼我們就不能找點樂子開心一下？你知道嗎？史蒂芬．奧克特說他覺得你很正。」

「所以咧？」

「如果我這次沒考好，數學可能會拿到C，我媽會殺了我。我的大學申請也會完蛋的。」

「所以你答應過我，我們可以一起念書，然後你會幫我！」

「我會幫你的。」

「沒有，你完全沒有幫到我。」

我看著潔德那張熟悉的臉，納悶我們的友情發生什麼事。她以前跟我在意同樣的事。考不好這件事，她不會只是聳聳肩，不屑一顧。

「放輕鬆點，艾咪。」她一手放上我的肩膀。「一切都會順利解決的。相信我。」

「怎麼解決？一切會怎麼神奇地順利解決？」

潔德翻了個白眼。「好啦，你就繼續這樣吧。我要去找有趣的人一起玩了。」

「潔德……」

我還沒能多說一個字，她就邁步離開。看樣子我們的讀書會已經結束，我得靠自己摸索了。

我把冰茶空瓶丟進垃圾桶，朝小女孩剛剛所在的操場看了最後一眼。我沒看見其他孩子或家長過來接她，但我也到處看不到她。我伸長脖子，環顧校園，尋找那件粉紅色蕾絲洋裝和那頭金色捲髮，但她彷彿憑空消失一般。

她肯定是離開了吧。

6 現今

打開上鎖房門的人是一位四十幾歲的女士，她穿著印有花朵圖案的手術服，胸前別著一枚徽章，上面用大大的粗體字寫著「雷夢娜」，下面則用小小的字寫著她的姓氏「德頓」。她的頭髮綁成一個整齊的髮髻，看起來一絲不苟，像那種已經做了二十幾年、未來還會再做二十年的護理師。我能想像這個女人在施做電擊療法時，眼睛都不會眨一下。

她眯眼看著我和卡麥隆，眼神銳利地上下打量我們。「有事嗎？」

卡麥隆率先走向前，如往常魅力四射。「我是卡麥隆・伯格，這位是艾咪・布里納。我們是今晚派來這裡值夜班的醫學生。」

雷夢娜再次上下打量我們，接著回頭看了看。她猶豫片刻，我差點擔心她要把我們送走。嗯，擔心可能不是正確的用詞。應該說，希望。

「了解。」她說。「貝克醫生在護理站。他會向你們說明。」

精神科病房就像醫院裡其他病房一樣呈圓形。我和卡麥隆沿著弧形牆面朝護理站前進，走了九十度左右就到了。果不其然，護理站裡站著一個身穿綠色手術服和白色長袍的男人，左胸繡著理查・貝克醫生。他一見我們走近，立刻熱情地舉起右手。

「嘿！」他說。「我是貝克醫生。你們一定就是……」他把手伸進白袍口袋，拿出一份醫學生值班表仔細查看。「卡麥隆和艾咪了，對嗎？」

貝克醫生的外貌讓我訝異。過去蓋比滔滔不絕講到他多聰明時，我不自覺想像他是一個比較年長的人，留著白色的長鬍鬚。他會一邊撫摸鬍鬚，一邊深思熟慮回答人類大腦的問題。（是的，我顯然以為我們今晚的值班醫生是佛洛伊德。）但貝克醫生不是這樣，完全不是。首先，他不老。肯定沒有老到足以長出白色鬍鬚。他三十多歲，一頭曬得微微褪色的棕髮，對我們微笑時，臉頰出現淡淡的酒窩。

現在我總算知道蓋比為什麼那麼喜歡他了。

「歡迎來到D病房。」貝克醫生說著，微笑時酒窩變得更深了。「很感謝你們今晚的幫忙，但願你們能學到一些東西。」

「我很期待。」卡麥隆說。

馬屁精。

貝克醫生看我一眼，彷彿期待我說些什麼。「謝謝。」最後我說。

他點點頭，很滿意我的回覆。「我帶你們四周看看吧。」

「你能不能示範一下門口的密碼鎖怎麼使用？」我有點太過焦急地說。但我按捺不住，那是離開這裡的唯一辦法。除非拿到密碼，否則我無法放鬆。

「艾咪很怕待在一個上鎖的病房。」卡麥隆解釋。「她覺得她會被困在這裡。」

我瞪他一眼。

貝克醫生放聲大笑。「這是應該的！難道沒人教你們每次進到電影院或音樂廳的時候，得知道逃生出口在哪裡嗎？讓我來告訴你們，如果需要離開這裡的話，該怎麼出去。」

我們兩人跟隨貝克醫生走回剛剛進來的大門。經過病房時，905號病房的房門微微打開。一雙有黃色斑點的藍眼睛正盯著我，一股寒意沿著我的脊椎直竄而下。房裡的人正在注視我們。此外，那雙眼睛還有種可怕的熟悉感。

看起來就好像……

不。不可能，不會的。

來到病房門口，我看見貼在門上那不祥的止步標誌，以及大門左邊微微發出綠光的鍵盤。貝克醫生抬起食指指向鍵盤。

「密碼是347244。」他對我們說。

我從口袋拿出手機，果不其然，沒有訊號。但我還是可以打開備忘錄，把六個數字輸進去。

「在鍵盤上輸入數字，然後按下井字鍵。」他解釋。說完，他親自示範。他按下井字鍵後，整層病房響起震耳欲聾的蜂鳴聲，比在門外還大聲。他看著我們的表情大笑。「很大聲，對吧？」

我的耳朵嗡嗡作響。「有一點。」我承認說。

「任何人進來或離開病房，我們都得知道。」他說。「如果有人按錯密碼，就會發出比較微弱的蜂鳴聲。」

他把數字1按了六次示範給我們看。結果發出的聲音就像有人在益智節目上答錯問題那樣。

「如果不知道密碼，誰也別想出去。」他說。「但知道有人試圖逃脫，還是很有幫助的。」

我看他示範密碼的同時，頸背起了一陣雞皮疙瘩，彷彿有人在看著我們。我努力壓抑這個感覺，但後來再也無法忍受。我轉頭一看，果不其然，一個病人站在那裡，盯著我們。

那個男人體型巨大——比卡麥隆高得多，體重也多達兩倍——他的穿著看起來像是一件T恤疊著一件T恤，再疊上另一件T恤的樣子。他的腋窩被汗水浸濕，運動褲掛在他的大肚子底下，眼神有種詭異的空洞感。

「我明天就要離開了。」他用西班牙口音告訴我們。

貝克醫生沒有回應，於是我說：「喔？」

男人把注意力轉向貝克醫生。「我父親說我明天就要離開了。所以明天，我要走。」

「沒問題。」貝克醫生親切地說。

「你一定得讓我走。」男人堅持道。「我父親說你非得這麼做不可。」

「別擔心，米高。」貝克醫生說。

男人慢條斯理地看了我們所有人一眼，接著轉身離開，沿著走廊往下走。他拖著腳走路，步伐緩慢，彷彿不太知道自己要去什麼地方，也不急著趕到那裡。「他明天會離開嗎？」卡麥隆問。

「喔不。」貝克醫生說。「當然不會。但如果我反駁他，他會回到他的房間打一一九。避免這種情況比較簡單。」

「他為什麼穿了四件T恤？」卡麥隆想知道。

貝克醫生嘆口氣。「我們要更注意他的穿著了。」

我把白袍裹緊。「他在說什麼？他父親什麼的？」

「喔。」貝克醫生聳聳肩。「他認為他父親是上帝。」

他的話讓我背脊發涼，但卡麥隆放聲大笑。「所以他是精神分裂患者嘍？」

「不。」貝克醫生皺眉。「他不是精神分裂患者。我們不這樣定義病人。米高是一個人，他的病症不能定義他。他不是精神分裂患者——他是一個患有精神分裂症的人。你能明白嗎？」

卡麥隆的臉微微漲紅。「明白，當然了。抱歉。」

但後來，貝克醫生一轉身，卡麥隆就立刻朝我的方向翻白眼，露出一個心照不宣的微笑。我沒有回以微笑。我真的很欣賞貝克醫生所說的——這跟瞌睡醫生說的很類似。關在這裡的病人跟其他人一樣都是人。診斷出精神疾病並不是死刑。這間病房裡所有的病人都只是想要好起來。

我會撐過今晚。一切都會沒事的。

7

接下來，貝克醫生帶我們到大門旁邊的員工休息室，然後就離開，給我們一點時間把食物放進冰箱。

員工休息室非常簡陋。裡頭的沙發看起來比去年我和蓋比在路邊撿回來的那張還要破爛，這已經很誇張了。角落有一台電腦，看起來就像在我父母家照片裡看到的那種，還是我出生前的事。而在古董電腦旁邊的是一扇窗戶。即使我有任何想呼吸新鮮空氣的念頭，也立刻被窗戶上安裝的鐵條給打消了。

卡麥隆打開冰箱，讓我們把晚餐放進去。冰箱看起來已經幾百年沒清了。所有表面都覆蓋一層硬邦邦的咖啡色薄膜。為了放晚餐，我不得不推開一盒感覺已經變成固體的牛奶。但我也不敢亂丟東西。

嗯，這一切會不會是某種心理實驗呢？說不定有人正透過攝影機在觀察我們，想知道會不會有人把這個噁心的冰箱清乾淨？

卡麥隆把手機拿高，猛戳螢幕。「這裡一點訊號都收不到。」

儘管這傢伙為了「考試」把我甩了，我還是幫了他一把。「蓋比說靠近窗邊有訊號。」

我聽她的指示走到窗邊，把手機貼上冰涼的玻璃。果然，螢幕上出現一格訊號，然後再過一會兒，出現兩格——耶呼！

趁訊號消失前，我傳了一條訊息給蓋比：

剛到D病房。你都沒跟我說貝克醫生那麼帥！

訊息順利傳出，但不一會兒，訊號就消失了。也罷，貝克醫生還在等我們。

我們回到護理站時，貝克醫生正在翻閱一份病歷。他見到我們，抬頭微笑。

「你們今晚的任務呢。」他說。「就是待命，防止病房發生任何緊急狀況。但除此之外，你們是來這裡學習的。」

「好極了！」卡麥隆興高采烈地說，語氣有如一個剛被告知要去迪士尼樂園玩的孩子。

「但我有個壞消息。」貝克醫生說。「今晚電腦系統在維修，所以我們只能靠紙本病歷和醫囑。」

我不介意。我在電腦系統裡有個登入帳號，但我從來沒用過。照我最近的運氣，恐怕得跟資訊部門溝通好一陣子才能讓它正常運作。

貝克醫生指了指護理站上方架子上一整排厚重的藍色活頁夾。「這些是紙本病歷。我建議你們今晚先閱讀幾位病人的病歷，然後去訪問他們。盡可能多了解他們，觀察他們整晚的狀況。」

我本來打算整晚躲在員工休息室的計畫告吹了。

「今晚我會盡我所能教你們。」貝克醫生補充說。「這對你們倆都是一次特別的經驗——是第一手體驗住院精神科的絕佳方法。你們有誰對這個領域感興趣的嗎？」

「我有興趣。」卡麥隆說。

天啊，真是個大騙子。

「你呢，艾咪？」貝克醫生問。

「還好。」我坦承道。

卡麥隆看著我，彷彿很驚訝我甚至不肯「假裝」自己對精神科有興趣。但說真的，我已經很客氣了。要我說出我心裡真正想的話，那會是，打死我也不要。總之，貝克先生放聲大笑。「你很誠實，真難得。」他說。「每個醫學生都假裝對精神科有興趣，我都有點煩了。」

只見卡麥隆的耳垂變得通紅，我感覺好多了。

貝克醫生帶我們回到走廊上。病房區很安靜，除了一個奇怪有規律的喀噠聲。喀、喀、喀。像小小人在其中一間病房跳踢踏舞。我努力不去理會。

「D病房裡所有病患都有自己的房間。」他解釋道。「房間沒有上鎖，不過我們有兩間隔離病房，是用密碼鎖從外面上鎖的。除此之外，病患可以自由在病房區走動。這裡有個病友休息室，裡面有沙發、電視，甚至有一架鋼琴。」

「我會彈鋼琴。」卡麥隆主動說。「其實我大學的時候，本來有機會去巴黎學鋼琴。」

貝克醫生沒回應他的話。「我鼓勵你們多花時間陪伴你們追蹤的病患，深入去了解他們。大多數人會很高興跟你們聊天，你們也可以學到很多。等你們以後越來越忙，這種訓練機會就不會再有了。」

喀、喀、喀。那到底是什麼聲音？

「聽起來太棒了。」卡麥隆說。

噁，他真是有夠做作的馬屁精。真不敢相信我以前跟他交往過。不敢相信我以前覺得他很帥，覺得他吻功很厲害。但我對他的不爽有一部分被那個似乎不打算停止的惱人噪音給壓抑下來了。

喀、喀、喀。聽起來就像有人企圖對我們傳送摩斯密碼。

「那是什麼聲音？」我開口說。

「喔！」貝克醫生大笑。「那是瑪麗。她隨時都在織毛線。」

他指向我們正前方的房間，912號房。我往裡一瞧，果然有個穿著長版針織洋裝的白髮老太太坐在椅子上，扭曲的雙手拿著一對棒針。她似乎在織一條圍巾，但長度又太長了，是真的長得很誇張。圍巾如瀑布般沿著她的腿傾瀉而下，然後橫跨整個房間繞了三次，看起來已經可以做五到六條圍巾了。

「她為什麼會在這裡？」卡麥隆問道。

他的問法有點不夠委婉，但瑪麗確實看起來溫和無害。

「你很快就會知道了。」貝克醫生對我們眨眨眼。「她的黃昏症候群滿嚴重的。」

「黃昏症候群？」我問。

「這發生在很多失智症的老人身上。」他解釋道。「太陽下山後，他們會變得越來越糊塗和易怒。好好注意她，你們就會知道了。」

「她因為失智症來這裡？」

「喔，不是的。」他拚命搖頭。「她來這裡有非常合理的原因，相信我。」

我再次偷看瑪麗的房間。她注意到我們在門邊，那張滿是皺紋的臉揚起一抹大大的微笑，嘴唇差點消失在她的嘴巴裡。她朝我們揮手。

我揮手回應。

「你讓她拿著棒針？」我驚訝地問。那應該是清單上我們絕對、絕對、絕對不能帶進精神科病房的其中一項東西。

貝克醫生點頭。「那是兒童的塑膠安全棒針——完全沒有危險。她不是高危險病患，而織毛線讓她開心，所以我們就由她去了——否則她會變得非常焦躁。」

我腦中浮現今晚的某個時候，一根棒針飛進我眼球的畫面。「喔。」

「所以就像我先前說的，」貝克醫生繼續說。「我們有兩間可以上鎖的隔離病房，但目前只有一間有人。讓我帶你們看看。」

他帶著我們繞一圈，來到門邊有鍵盤的兩個房間。其中一間的門是開的，而另一間是關的。看到這些房間離員工休息室那麼近，讓我很不安，因為我今晚大部分的時間可能都會在員工休息室裡。不過我猜這是故意的。

「一號隔離病房目前有人。」他說。「今晚無論何時，我都不建議你們去拜訪這位病患。」

「為什麼？」卡麥隆問。

貝克醫生眉頭緊皺，猶豫片刻。「索耶先生很……危險。」

我頓時心跳加快。「危險？」

「不過對你們不危險。」他連忙說。「你們也看到了，門是鎖著的。門後的他也用束帶綑綁著，所以他完全動彈不得。我們計畫明天一早就把他移到更安全的院所。」

我的天啊。

「我保證，你們非常安全。」貝克醫生見到我臉上的表情，立刻露出一個寬慰的微笑。「索耶先生是不可能離開那個房間的。」他停頓。「當然，除非你們讓他出來。」

貝克醫生安靜片刻，安靜到我都能聽見一號隔離病房傳來的聲音。聲音很可怕——簡直不像人類發出來的。是一種介於呻吟和嘶吼之間的聲音。

天啊，是誰在那個房間？或者該說，是什麼東西在那個房間？

「別擔心。」我說。「我們會離得遠遠的。」

「很好。」貝克醫生說。

我們轉身，沿原路折返。半路上，我們再次經過905號房。再一次，房門微微打開，那雙有黃色斑點的藍眼睛往外凝視著我們。

凝視著我。

8

我和卡麥隆必須選擇今晚要追蹤的病人。

病歷全放在護理站，於是我們前去瀏覽，進行挑選。貝克醫生回到他的辦公室，由雷夢娜看管病房，雖然她現在也只是在翻閱一本居家雜誌。

病歷擺在護理站的架子上，按照房間號碼排序。只有一份病歷躺在下方的桌面，而非擺在架上。活頁夾書脊上印著索耶的名字，也就是一號隔離病房那位病患的名字。貝克醫生想必是翻閱過那份病歷。

我受到好奇心驅使，盯著病歷好一會兒。誰在那間隔離病房裡？是什麼人需要像那樣被關起來？好像動物那樣。感覺殘忍且不人道，但我沒立場說話。

我不敢碰那份病歷，總覺得連碰都是背叛了貝克醫生的信任。或是如果我打開了，房間裡的那頭怪獸有可能從書頁裡跳出來。

「你有看中哪個人嗎？」卡麥隆問我。

「怎麼？」我回答。「你要從我手上偷走嗎？」

他緊抓胸口。「你為什麼這麼說？如果你對探訪哪個病人有興趣，我會讓給你的。我是個紳士。」

「喔，對。當然了。」

他噘起下嘴唇。「別這樣，我什麼時候對你不好了？」

「你甩掉我的時候？」

「我是說，除了那次以外。」

我翻個白眼。「隨便啦，我不在乎。選你要的病人吧，反正你總是能得逞。」

「這話是什麼意思？」

「我的意思是……」我壓低音量不讓雷夢娜聽見我們。她沒必要知道我和卡麥隆之間的恩怨。「今晚根本不是輪到你值班。我不懂你為什麼在這裡。真的是史蒂芬妮要求跟你換班的嗎？」

卡麥隆沉默不語，難得無話可說。我本希望他能證實他的說法，史蒂芬妮確實有急事，在最後一刻求他跟她換班。但我有不好的預感，這可能是他的主意。當初卡麥隆跟我分手時，我真的很驚訝。我並不認為我們會在一起一輩子——我早就看出我們之間的問題。班上有些情侶為了確保醫學院畢業後會分發到彼此附近的院區，都在考慮申請同一間醫院的住院醫師培訓，但卡麥隆從來沒想過這回事。畢竟骨科相對競爭。跟另一個人一起申請只會拖累他，降低他獲得名額的機會。

即便如此，我以為我們起碼會再交往幾個月。也許等我們的行程變得忙碌，就會開始漸行漸遠，又也許不會。也許我們不會一起申請住院醫師培訓，但說不定最後會在同一座城市拿到住院醫師的名額，甚至會繼續交往下去也不一定。或許吧。

我沒料到他會這樣……說分手就分手。

我好奇卡麥隆那次資格考拿了幾分。我很好奇我們的分手對他來說值多少分。「你想看哪個病人我都無所謂。」我說著，努力把我們分手時那場悲慘的對話趕出腦海。「你選吧。」

「如果你確定的話……」

「我當然確定了。我有什麼好介意的？」

他微微嚇了一跳。「聽著，我一直想跟你談談，但你不肯接我電話。」

「嗯，真不知道是為什麼。」

「我們能不能……」卡麥隆回頭看了雷夢娜一眼，意識到她能聽見我們。「我們今晚能找個時間談談嗎？我覺得你誤會我了。」

「我寧可不要，卡麥隆。」

「拜託？」

他的臉微微皺起，霎時，我因為對他如此冷淡而感到一絲內疚。但後來我想起他對我做過的事。「我目前沒辦法談這個，我們先弄清楚今晚要看哪個病人吧。」

卡麥隆看起來想抗議，但又不了了之。「好吧。」

我研究著護理站上方的那排病歷本，盡量不去理會卡麥隆。我的目光在標籤之間游移，最後停在905號房那個病人的病歷上。那個有黃色斑點藍眼睛的病人。我一見到寫在病歷上的名字，全身瞬間變得冰冷。

卡本特。

喔，不會吧。

9

八年前

潔德的家跟我家很不一樣。

我還是孩子的時候並沒有發現。事實上，我以前覺得潔德的家是「歡樂屋」。因為在我家，有好多規矩。玩具玩好必須收起來。飯後的碗盤必須馬上放進洗碗機。睡前必須刷牙。

潔德家沒有那些規矩。就我所見，她沒有任何規矩。

我已經幾個月沒有去潔德家，但今天她邀我去她家一起念書。這個嘛，希望我們會念書。潔德肯定會聊起班上的帥哥或說她有辦法幫我們弄到假證件來讓我分心。但我決心要讓她保持專注，儘管最近變得越來越困難了。

我跟隨潔德沿著小徑走向她那牧場式住宅的家時，忍不住注意到那房子有多需要整修。我們還小的時候，房子就已經很破舊了，但現在看起來就像大野狼可以輕易把它吹垮。前門的四級階梯在多年的暴風雪侵蝕下幾乎快要瓦解。我為了怕跌倒抓住欄杆時，一根大木屑刺進了我的食指。

「唉唷！」我大聲說。

潔德一下子回頭看我。「又怎麼了？」

她的心情已經很差了。也許一起念書不是好主意，但我需要有人幫我準備期中考，而潔德一直是我的救星。「我被刺到了。」

「誰叫你要去碰欄杆？」

顯然潔德家現在有規矩了。不能碰欄杆，否則你會被超大的木屑刺傷。

「我看看。」潔德抓起我受傷的左手，瞇眼看著那根木屑。她用她的長指甲把木屑拔出來，我忍不住叫了一聲。「搞定！天啊，你真是個愛哭包耶，艾咪。」

我的指尖滲出一滴血，我把血吸起來。不曉得潔德家有沒有OK繃。

紗門掛在鉸鏈上搖搖欲墜，但不打緊，因為紗門早就破成兩半。潔德打開前門，我們倆踉蹌走進她家客廳。

首先撲鼻而來的是那股味道。

倒也不是說潔德家之前聞起來有多香。她家總是瀰漫著菸味和卡本特太太的香水味。今天確實也有這兩種味道，但還有別的東西，像某種腐爛的氣味，但同時又帶有一股淡淡的死甜。我不知道那是什麼，但我不確定我該怎麼聞著這股臭氣，一邊專心算數學。我得全程用嘴巴呼吸了。

「幹嘛？」潔德說。

「沒事。」

「你的表情很難看。」

我很難掩飾自己的反應，但我總不能告訴我最好的朋友，她家聞起來像垃圾場吧。「沒有啊。」

潔德把書包丟到地上，我卻遲遲不敢放下自己的。地板上到處都被衣服、書本或其他雜物佔據。我打算把書包放到沙發旁邊，但那裡已經有一小疊盤子了。最上面的盤子仍黏著一些食物殘渣。我好奇潔德會不會把盤子拿去水槽，但她似乎完全不在意。

最後，我把書包一起帶到沙發，小心翼翼放在大腿上。從我認識她起，他們家就一直是這張沙發。為了坐下，我不得不推開堆放在上面的外套。我往茶几看一眼，上面放了五個菸灰缸，全都插著幾根菸屁股。

雖然潔德家從來都算不上乾淨，但這又是另一個層次了。我覺得我簡直就像坐在垃圾堆裡。我腦中閃過我是不是應該跟我媽說些什麼的念頭。潔德一定會殺了我，但像這樣生活是不正常的，對吧？

「我們開始吧。」潔德從我手中拿走書包。「你有今天的筆記嗎？」

她把我的書包放到茶几上，我難受地看著書包落在一個好像果汁或汽水留下的圓圈痕，看起來從來沒清過。我倒抽一口氣，潔德轉頭皺眉看我。

「怎樣？」她說。

「沒事。」

「你為什麼怪裡怪氣的，艾咪？」

「我只是……」我指向茶几上那塊黏黏的神秘污漬。「我不想把我的書包弄髒。」

「老天啊。」她誇張地翻了個白眼。「真是抱歉，公主殿下。我不曉得在你大駕光臨前還得先打掃。你是否需要拿塊抹布和清潔劑把桌子重新擦一遍呢？」她在嘲諷我，但老實說，我真的需要。我並不是有潔癖的人，但這棟房子有種魔力，讓我想要抓起吸塵器和拖把，徹底大掃除一番。光是坐在這裡，就有種癢癢的感覺從我的頸背爬上來。

說時遲那時快，一隻果蠅嗡嗡叫著經過我的耳邊，然後是第二隻。我猜脖子上那股癢癢的感覺可能不全然是我的想像。

幸好我們的對話還沒變得更僵，大門就吱一聲打開，然後又砰一聲關上，力道大得整棟房子的地基似乎都在搖晃。我抬頭看天花板，好奇屋頂塌下來砸到我的機率有多高，應該不太可能吧。

「潔德！」是卡本特太太沙啞的聲音。「潔德！你在哪裡？」

潔德暗自咒罵一聲。「媽！我在這裡。」

卡本特太太跌跌撞撞走進客廳。她跟這棟房子一樣，模樣比我上次見到的時候更加憔悴。她向來把自己的頭髮染成淺金色，但現在髮根已經長出五公分的黑髮。她向來濃妝豔抹，尤其是跟我媽比，但現在她的妝容又更誇張了。睫毛膏在睫毛上結成一塊，眼皮上是深藍色的眼影。她的口紅本來是想讓她的嘴唇顯得豐滿，但實際看來就像一個畫畫總是塗出界的幼兒園兒童幫她塗的一樣。

卡本特太太看見我坐在沙發上愣了一下，鮮豔的嘴唇憤怒地抿成一條線。「潔德，誰說你可以邀你朋友來家裡偷我東西的？」

潔德那對纖細的雙臂在胸前交疊。「沒人想拿你的破東西，媽。」

「喔，是嗎？」她繞過沙發，踩著恨天高的高跟鞋，搖搖晃晃地站在我們面前。「那我的藥都跑到哪裡去了？」

「我不知道。」潔德說，儘管她說話時沒看著她媽媽。「反正你把所有東西都鎖起來了。」

「我很清楚你知道怎麼拿到我的東西。別當著我的面說謊，潔德。」

「我沒有說謊。」

「最好是，快把我的藥還給我。」

「我沒拿你的藥！」

「放屁！」卡本特太太從茶几上拿起一個菸灰缸。我還沒反應過來，她就把菸灰缸扔向牆壁，砸成碎片，破碎的菸灰缸和菸屁股散落一地。「你這個愛說謊的小偷！」

潔德的眼睛睜大幾毫米，但她沒有反應。另一方面，我覺得我的心臟就快從胸口跳出來了。我抓起書包的背帶，從茶几上搶下來。「我最好先走了。」我喃喃地說。

我匆忙走到前門。這個節骨眼，我不知道我該怎麼做。我覺得我應該跟我媽說潔德家發生的事。卡本特太太一直跟其他媽媽不一樣，不過是有趣的那種不一樣。她是即使裡面有生雞蛋也會讓你吃麵糊的那種媽媽。她會讓你在睡衣派對上想多晚睡都行。她開車載我們出去的時候，會故意輾過坑洞讓車子上下顛簸，因為很好玩。而且她擁有極具感染力的響亮笑聲，會讓你不自覺想跟著一起笑。

我剛走到車道盡頭，就聽見身後傳來腳步聲。我轉身，只見潔德站在我後方，氣喘吁吁，臉頰微微泛紅。

「嘿。」她說。「抱歉我媽那副德性。」

「嗯。」我喃喃地說。「沒關係，我該走了。」

「好，可是……」她抓抓頸背。「你不會把這件事告訴別人，對吧？我是說，事情沒那麼嚴重。她只是有點暴躁，她昨天在餐廳工作到很晚。」

「嗯哼。」

潔德拚命打量我的表情。「艾咪，你不能跑去跟大家說我媽是瘋子。我們的鄰居打過兒少保護專線，所以我們已經被盯上了。我會被送到寄養家庭的。真是如此，一切都會是你的錯。」

我把左手指甲掐進掌心，食指被木屑刺過的地方隱隱作痛。我不想告發潔德的媽媽。我不希望我最好的朋友最後住進寄養家庭——她沒有其他人可以依靠了。

她握住我的手臂。「答應我你什麼都不會說？」

「她在吃什麼藥？」

她聳聳肩。「誰知道？她好像有吃降高血壓的藥之類的。那些藥八成只是被她弄丟了。」

可是為什麼卡本特太太會指控潔德偷了她高血壓的藥呢？這不合理。

「拜託，艾咪？」她捏捏我的手臂。「這真的沒什麼。她現在八成已經在房間裡呼呼大睡了。就像我說的，她昨天工作到超晚的。是誰都會變得暴躁。」

直覺告訴我我起碼應該告訴我媽發生什麼事。我媽總是知道該怎麼辦。但潔德是我最好的朋友，我不希望她發生不好的事。而且她要我向她保證，我怎能拒絕她呢？

「好吧。」我說。「我不會說的。」

10 現今

不、不會吧。

我退後一步，胃往下沉。我希望這是一場誤會，但並不是。難怪905號房那個人看起來那麼眼熟。

她就是我以前最好的朋友。潔德・卡本特。

這是一場巧合，但說是也不是。這家醫院擁有這附近規模最大的精神病房，而且距離潔德從小到大、現在可能還住著的房子只有短短的距離。坦白說，潔德確實問題很大。從我們十六歲起，她肯定反覆進出D病房很多次。所以，在病患名單上看到她的名字，我真的不該驚訝。

我好奇她來這裡的原因。我知道她第一次被送進精神病院是做了什麼事，但我不知道她現在為什麼在這裡。她這次做了什麼？不可能比她還是孩子的時候所做的事更糟吧。

我可以看看。沒什麼能阻止我拿起她的病歷翻找答案。嗯，這麼做在道德上是不對的，大概也有一些法律問題，因為院方告知我們不能查看親朋好友的病歷。但又不是說有人會發現。

我甚至不必看完整份病歷。我可以只看前面幾頁，沒人會知道的。

「發射！」護理站傳來一個聲音大聲說。

我立刻從病歷旁邊跳開，臉頰發燙，感覺就像做了什麼壞事被抓包一樣，雖說沒人知道我腦中在想什麼。那個站在護理站前面、穿著有點髒的蜘蛛人T恤和運動褲的男人當然也不知道。他的手腕上戴著白色手環，表示他是病人，而非我們的一員。無庸置疑。

男人凝視著他的手腕，專注得嘴唇緊抿。「發射。」他又說一遍，兩個字讀得字正腔圓。

卡麥隆放下他剛剛從架子上拿起的病歷。「那是誰啊？」

「他？」本來看著光滑頁面上談論時尚守則的雷夢娜抬起頭。「喔，那是丹尼爾・路德維希。但我們都叫他蜘蛛丹。」她的嘴角微微抽動。「因為他覺得他是蜘蛛人。」

丹・路德維希凝視著他的手腕。「發射。」他用近乎機器人的單調語氣又說了一遍。

卡麥隆張大了嘴。他回頭面向那排病歷，抓起寫著路德維希的那個。「我的！」

還說自己是紳士呢。

我轉身回到架子前再次挑選。我不會去看潔德的病歷，這是非常、非常不對的事情。不敢相信我剛剛竟然考慮這麼做。我會找其他病人。

我望向下一份病歷，906號房。上面的名字寫著舒菲爾德。我從架上抽出病歷，在個人資料上讀出病人的全名：威廉・舒菲爾德。嗯，我絕對沒有跟這傢伙上過同一所高中。他似乎也沒有被鎖在隔離病房裡，用束帶綁在床上。這可能已經是最好的情況了。

我翻開病歷的第一頁。雖然大部分的資訊可能都在現在無法存取的電子病歷中，但裡面至少有幾天前他被送來急診室的就診紀錄影本。威廉．舒菲爾德是一名二十九歲的男子，沒有過往病史，這幾個月因為一直聽到有聲音叫他去殺人而被送進急診室。

急診室紀錄繼續提到舒菲爾德先生整個人衣衫不整、神情困惑，不斷自言自語。院方診斷他罹患了精神分裂症，並開立了抗精神病藥物的療程。隨後，他自願轉入精神病房，接受進一步的評估和治療。

紀錄寫到這裡就結束了。

我盯著病歷的最後一頁，不確定該怎麼做。我猜測舒菲爾德先生應該不危險——如果他是危險人物，就會像索耶先生一樣被關起來才對。但另一方面，這個男人一直聽見有聲音要他去殺人。也許這不是我想見的病人。

但某些方面來說，這也是我非見他不可的原因。

畢竟，見到一個真正的瘋子，是知道自己是正常人的唯一辦法。

11

906號房位於護理站的轉角處。卡麥隆早已消失去探訪蜘蛛丹，所以只剩我獨自走在圓形的精神病房裡。我走著走著，聽到一個聲音：

喀、喀、喀。

我緊張起來，後來才想起瑪麗和她的棒針。我經過912號房時，她仍坐在椅子上不停織毛線。她見到我，立刻揮舞她的手。「你好！」她大聲叫道。

我揮手回應。「你好，瑪麗。」

她對我燦笑，很高興我知道她的名字。「你叫什麼名字，親愛的？」

我猶豫片刻。「我叫艾咪。」最後我說。

「真好聽的名字。」她微笑，皺紋更深了。她肯定有八十歲以上，說不定有九十歲。「今晚小心點，親愛的艾咪。」

「呃，好的。」我說。

聽完那略微不祥的警告後，我繼續前往906號房。隔壁就是潔德的房間，但幸好她沒有再探頭看。我突然發現我本來可以挑一個沒住在她隔壁的病人，我卻沒選擇這麼做。

也許部分的我希望能碰見她。不得不說，我和潔德有很多未竟之事。

我往906號房裡看，不知道自己期待看到什麼。急診室的紀錄上把威廉．舒菲爾德描述得像個喜歡胡言亂語的瘋子，所以我看見他的時候很驚訝。他是個二十多歲的男子，穿著乾淨的T恤和牛仔褲，一頭黑髮整齊修剪過，臉上留著幾天沒刮的深色鬍碴，鼻子上架著一副金絲眼鏡。他沒有在房裡來回踱步，沒有咆哮，也沒有胡言亂語。他坐在床上，安靜地讀著一本書。

我輕敲他敞開的門。「哈囉？舒菲爾德先生？」

男子抬起頭來。他拾起擺在床上的書籤，放進書裡。接著把書放在床頭櫃上其他書堆的正上方。「是？」

我擰著雙手。「我叫艾咪。我是一名醫學生。」

他的外表平凡，讓人沒有戒心，與我預期的完全不一樣。我以為他會長得像蜘蛛丹，或以為自己父親是上帝的那個傢伙。但這個人看起來……很正常。

除了他一直聽見有聲音叫他去殺人之外。

「有什麼我可以效勞的嗎，艾咪？」他聽起來心情不錯，但語氣小心謹慎。他已經築起防備，不信任我。

「是的，我……」天啊，這真的很尷尬。但我提醒自己，普切特太太說過我很善於傾聽——這我做得到。「我今晚在這裡值班，想對一些病人有進一步的認識。」

他的黑色濃眉向上挑起，我趕緊補充：「我是說，醫學方面的認識，或是，你知道，精神方面。比如，你為什麼會在這裡住院之類的。我想聽聽你的故事。」

他看了我好一陣子，然後終於開口說：「沒問題，請坐吧。」

我抓起房間另一端的椅子，朝他拉近，但又不會太近。我保持足夠的距離，這樣如果他想抓我，我也能及時跑開。「非常感謝你，舒菲爾德先生。」

他的褐色雙眼打量著我的臉。「叫我威爾吧。」

「當然，如果你願意的話。」我清清嗓子，蹺起一隻腳。「我猜我只是想知道這一切是怎麼開始的。呃，我聽說你……你知道的……」

「聽見一些說話聲？」

「呃，是的。」

「沒錯。」他與我四目相交。「已經好幾個月了。」

「那些說話聲……說了一些事情？」

他揚起一邊的嘴角。「是的，這通常是我們對說話聲的定義。」

「它們說了什麼？」

威爾．舒菲爾德的下巴微微抽了一下。「它們叫我去殺人。例如我站在一個朋友旁邊的時候，那個聲音就會在我耳邊低聲說：『把他推到車陣裡。』」

「你一定覺得很困擾。」

他微微閃過一絲不悅的表情。「你覺得呢？」

我交換蹺起的腳，又再次把兩腳放下。我一直很自豪我變得非常擅長與瞌睡醫師的失眠患者交談——大多數人都急於敞開心房，向我傾訴他們的生活（和他們的寵物）。但威爾不一樣。他不打算讓我好過。「但你從來沒有……我是說，儘管那些聲音告訴你去做那件事，但你從來沒有……」

他挑起一邊的眉毛。「如果有個聲音叫你去殺人，你會去做嗎？」

我的胃底湧起一股噁心感。我本以為來到這裡會看見一個胡言亂語的瘋子。然而威爾・舒菲爾德看起來再正常不過。他可以是任何人。某個你在街上擦身而過的男子。一個朋友。一個鄰居。

他就算是一名醫學生也不奇怪。

「你還聽得見那些聲音嗎？」我問。

「你是說現在嗎？我現在坐在這裡的時候？」

「這個嘛……」

他推推鼻梁上的眼鏡。「你是不是想問，現在我的腦中有沒有一個聲音在跟我說我應該殺了你？」

我咬住內側的臉頰肉，不確定該怎麼回答。

「沒有。」威爾說。「我再也沒聽見那些聲音。藥物幫助我消除那些聲音了。」

根據雷夢娜給我的藥物清單影本，威爾・舒菲爾德正混合服用兩種抗精神病的藥物。他服藥的時間不長，但似乎很有效。

又或者這只是他的說詞。

「你有跟誰一起住嗎？」我問。

「沒有，我一個人住。」

「所以你沒有結婚？」

「沒有，沒結過。」

「你有正在交往的另一半嗎？」

他挪動身體。「現在不是我跟女人交往的理想時機。我必須先把自己照顧好。」

這是我來到這裡後聽過最理性的話。

我看向他床頭櫃上的那疊書，不小心發現他正在讀《一路上有你》，這是我最喜歡的一本書。我沒見過任何與我年紀相仿的人讀過這本書，而第一次看見有人讀這本書卻是在精神病院裡，我不確定我該作何感想。

「怎麼了？」威爾說。

「《一路上有你》。」我說。「那是我最喜歡的書。」

我進來至今，第一次看到他露出真誠的微笑。「我超喜歡約翰·厄文。」他說。「從我十歲開始，他就一直是我最喜歡的作家。」

「天啊，我也是！」我激動地說。「他寫的每本書我都有看。」

「我也是。」他示意那疊書，我才發現全是約翰·厄文的作品。「我帶這些書過來與我作伴。我住進來後一直在重讀這些書。」他拿起那本厚厚的《一路上有你》平裝本。「這本我大概讀過五十次了吧。」

「我大概讀過一百次吧。」

他放聲大笑。「你競爭心挺強的喔?」

「就像我說的,那是我最喜歡的書。」

「我喜歡閱讀。」他說。「我盡量一個禮拜讀一到兩本書,然後每個月盡量重讀一本約翰·厄文的書。」

「太厲害了。」我說。「我沒什麼時間讀書,一年頂多讀個幾本。你是做什麼的?」

一瞬間,心牆再次築起。他回答時,語氣再次變得平淡。「我開Uber的。」

很好——我以後再也不搭Uber了。我媽一定會很高興。但老實說,我很驚訝他選擇這份職業。他看起來更像一個老師或作家,完全不像是一個以開車為生的人。不過話說回來,如果他追求的是穩定、靈活的工作,這確實是個好選擇。「我猜你這一行肯定見過各式各樣的人。」我說。

他再次推推鼻梁上的眼鏡。「沒錯。」

「那些聲音有沒有跟你說過……」

威爾·舒菲爾德把頭歪到一邊,沉默良久,最後終於開口說:「我已經跟你說過了。我不可能傷害任何人。」

他回答我的問題時仍保持眼神交流。他為什麼不跟我說實話?他這麼做有什麼好處?我們是來這裡幫助他的，而且就我所知，他是自願住進這裡的。他難道不希望自己好起來，從此不再聽見那些聲音嗎？儘管如此，我內心的直覺卻在尖叫著一件事：

這個男人在對我說謊。

12

距離天亮還有：十二小時。

我們又繼續聊了二十分鐘，但威爾再也沒有像我提起約翰・厄文時那樣對我敞開心扉。我甚至在後來的談話中再次嘗試談起書本，但他的心牆已經築起。他不信任我。

我想這就是所謂的疑心病吧。抗精神病藥物或許已經消除他腦中的聲音，但他精神分裂症的某些症狀依然存在。

我離開906號房時，忍不住望向走廊盡頭的隔離病房。第一間病房仍然大門深鎖，密碼鎖微微亮著綠光。我好奇被關在一個沒有出口的狹小房間是什麼感覺。

我必須經過隔離病房才能回到護理站。我安靜地走著，害怕裡面的男人可能正在看著我。害怕他會引誘我過去，要我把他放出來。畢竟，蓋比說過我很容易受影響。她叫我不准再看廣告了，因為我看到什麼廣告就買什麼。

我差點就要通過那間病房。結果剛經過門口，門後就傳來可怕的巨響。一記低沉又讓人不舒服的重擊聲。聽起來就像有人用自己的身體在用力撞門。

我往後跳了快一公尺，整個人緊緊貼在對面的牆壁上。我又聽見那個聲音。這一次，一號隔離病房的門震動起來。我盯著門看，同樣的事情又發生了。那聲巨響，接著是門在震動，最後是裡面傳來的痛苦哀號聲。

有人或有東西企圖撞開那扇門。但這怎麼可能？貝克醫生告訴我隔離病房裡的男人被綁起來了。

除非他掙脫了那些束帶。

我大口喘氣，努力平復我狂亂的心跳。就在這時，我聽見另一個沒那麼可怕的聲音，是一個女人的大笑聲。

我轉頭向右看，果不其然，有個年輕女子站在其中一扇門口。她綁著高高的馬尾，雖然可以說她有一頭金髮，卻至少冒出快三公分的黑色髮根。她穿著一件背心，裡頭沒穿內衣，下半身穿著一條粉紅色運動褲。她的雙眼是藍色的，帶有黃色斑點。

「你，」她說。「還是那麼可悲。」

「潔德。」我倒抽一口氣。

不敢相信經過那麼多年，我竟然又與她見面了。距離高中那天至今已經快十年……我不願意回想那天發生的事。我已經花了很長的時間努力不去想。

「好久不見。」她對我打招呼。

我抓抓手肘後方一小塊乾燥的皮膚。「你氣色不錯。」我幾乎是無意識地脫口說。

「喔，閉嘴，艾咪。」她皺起鼻子。「我肥得跟豬一樣。都是因為吃藥的關係。它們讓你想要一直吃到肚子爆炸為止。」

潔德沒有像她所形容的「肥得跟豬一樣」。她以前高中時期太瘦了——瘦得令人心疼——如今她的體重看起來健康許多。但不可否認，她眼下掛著黑眼圈，從馬尾露出來的頭髮很毛燥。我沒碰上她狀態最好的一天。但話說回來，我也穿著手術服和球鞋，臉上脂粉未施。她起碼還畫了眼線，塗了口紅。

「你過得怎麼樣？」我小心翼翼地問。

「過得沒你好。」她帶著評估的眼神打量我。「看樣子你考上醫學院了，就像你一直想要的。」

「嗯，是啊。」

「可惜你非得毀掉我的生活才能上醫學院。」

我深吸一口氣。我以為過了那麼多年，潔德早已忘記發生過的事。嗯，也不是說忘記，但或許可以用不一樣的角度去看待。明白我那麼做不是為了毀掉她的人生，明白我別無選擇。

「我很抱歉。」我喃喃地說。「你很清楚，事情變成那樣並非我的本意。」

潔德沒有理會我的道歉。她把雙手交疊胸前，我注意到她的左前臂有一條長長的紅色抓痕。

「你媽的事我很遺憾。」我突然說。

她狠狠瞪我一眼。「是啊，遺憾到連葬禮都懶得參加。」

「我……我那陣子很忙。」

「喔，我相信。忙碌又重要的艾咪。比起向她摯友的母親致上最後的敬意，她還有更重要的事要做。」

我沒有刻意強調當初卡本特太太過世的時候，我和潔德已經不是朋友好一陣子了。說這些也是於事無補。

「所以我猜你看過我的病歷了。」她說。

「不，我沒有。」

「騙人。」

「我真的沒有。」我仰起頭。「我不會那麼做。那是不對的。」

她冷冷一笑。「是啊，你真是道德的化身，對吧？」

「我真的沒看。」我堅持說。「我剛剛只是在訪問906號房的人。今晚我只有看過他的病歷。」

潔德看向906號房。房門仍然半開著，威爾大概又在裡面看書了。「喔，他啊。他挺帥的，不是嗎？像是你會喜歡的類型。瘦瘦高高的書呆子。」

「潔德……」我的臉頰好燙。「他是瘋子，他有精神分裂症。」

「喔，所以你們就有共同點了，對吧？」

我這輩子有好幾次想要甩潔德一巴掌，現在就是其中一次。幸好我懂得克制自己。不過我最好別在凌晨三點遇到她，到時候我的思緒肯定沒那麼清晰。

「反正他比那個呆頭呆腦的醫學生更像妳的菜。就是那個一直用癡呆眼神看著妳的大塊頭。

怎麼——他愛上妳啦？」她說。

「沒有。」潔德不需要聽到我因為醫生資格考而被甩掉的故事。「我跟他不熟。」

「你說了算。」潔德吟唱著說。

我沒有期待潔德會張開雙臂迎接我，但我也沒料到她會如此討厭我，如此生我的氣。這晚剩下的時間，我得想辦法避開她。我沒心情跟她耍心機。

「我現在沒時間聊天。」我告訴她。「我得回去工作了。」

「喔，太可惜了。」她拉下臉。「因為我一整晚都閒得沒事幹呢。」

說完，她對我眨眨眼。

13

八年前

我完全不懂學三角函數有何意義。

我已經在我房間的書桌前坐了兩個小時，努力想要解題，卻怎麼也無法理解題目在說什麼。更重要的是，我搞不懂為什麼我需要知道這些。難道哪天我在超市的時候，會需要知道30度的正弦值才能算出我要拿回多少錢嗎？這簡直是史上最愚蠢又沒意義的事了。也因為三角函數，我可能會拿到高中的第一個C。沒救了。

真希望潔德答應跟我一起念書。結果，她現在卻跟一群魯蛇在學校後面抽大麻。我們一直都是一起念數學的——這也是我至今能夠撐過所有高中數學課的原因。我得想個替代方案。

我抓起桌上的雪花球，用力搖晃。小小的假雪花飄落在綠色的自由女神像上。這顆雪花球是潔德去年送我的禮物。我們高中全班進城去看百老匯演出時，她偷偷溜出隊伍，到紀念品攤位買了這個給我。她擅自脫隊，本可能被禁止觀賞整場演出，但她還是這麼做了。這就是潔德——總是願意冒險。

我用力闔上三角函數課本，靠向椅背，閉上眼睛，用指尖搓揉我的太陽穴。沒事，最重要的是不能慌張。

別慌張，艾咪！

我只需要埋頭苦讀。我可以的。一切都會沒事的。幸好我的蜜桃冰茶裡有很多咖啡因。

我睜開眼睛，準備迎戰更多三角函數題目。但我眼睛才打開，就見到一個可怕的驚喜。是那個穿著粉紅色蕾絲洋裝、有一頭金色捲髮的小女孩。

她就站在我的房間角落。

我眨眨眼。當初看見小女孩獨自出現在服飾店已經很怪了，在校園裡看見她的時候更怪。但在我的房間裡看見她才是真的、真的很奇怪。

事實上，這是不可能的。

我盯著小女孩，嘴唇微張，努力想吐出一個問題。你在這裡做什麼？但我沒辦法說出口。因為不可能有個小女孩站在我房間。光是用想的都很瘋狂。跟她說話就更瘋狂了。

「這場考試你一定會不及格的。」她用她甜美小女孩的聲音對我說。

我覺得口乾舌燥，無法說話。「不會吧……」

好吧，我說了。我跟這個根本不存在的小女孩說話了。

「你也考不上大學。」她繼續說。「你永遠進不了醫學院。你的人生完蛋了。」

我再次張嘴回應。儘管這個小女孩不存在，我還是想告訴她她錯了。我會通過這場考試。我會上大學，我會成為我一直想要的醫生。她錯了。

不過光是她出現在這裡，就讓我嚴重擔心起我的未來。

我的房門傳來重重的敲門聲。我猛然回頭朝門的方向看，聽見母親大喊，「艾咪！吃晚餐了！」

我再次回頭看向小女孩，但她已經不見了。我揉揉眼睛，突然頭痛欲裂。我掃視房間，從貼在牆上的強納斯兄弟和泰勒絲的海報，到粉紅色和綠色的床單，再到我的書櫃，以及去年參加辯論比賽贏得的獎盃。但小女孩到處不見蹤影。我的房門緩緩打開，母親探頭進來。「艾咪？我說了晚餐已經好了。快下樓。」

「嗯。」我勉強說。

母親瞇起眼看我。她漸白的頭髮在腦後盤成一個凌亂的髮髻，不是那種時髦的凌亂——就只是亂。她曾是我所有朋友的媽媽裡最漂亮的那一個，但最近兩三年，她感覺突然一下子老了很多。「你還好嗎，親愛的？」

「我很好。」我雙手握拳，指甲掐進掌心。「我只是……被三角函數難倒了。」

她看起來沒我那麼擔心。「我相信你會搞懂的。你每次考數學都很擔心，但最後總是考得很好。」

「那是因為有潔德的關係。」

最近每次我提起潔德，母親就會繃緊嘴巴。我們還小的時候，她很喜歡潔德。事實上，她以前經常鼓勵我邀她到家裡玩。她總是堅持要潔德留下來吃晚餐，吃完飯後，她會載著我們兩個一起回潔德家，確保她安全到家，儘管走路只要十分鐘。有一次，她跟我們說要玩一個打掃潔德家的遊戲，然後我們就真的打掃了兩個小時，直到潔德的媽媽回家。

但情況不知為何變了。最近媽媽一直告訴我，我不該再跟潔德一起玩。我不知道如果我告訴她潔德家有多亂，或她媽媽摔破菸灰缸的事，她會說什麼。但我信守承諾，沒有告訴她。

「也許我們應該幫你請個家教。」她說。儘管我們根本負擔不起。爸爸最近的工時被砍了，我們家的錢很緊。

「呃。」我說。「會沒事的。」

「你確定嗎？」

如果我開口說要家教，我媽肯定會毫不猶豫幫我請一個。她總是說我的教育是最重要的事。但我不想只是為了把三角函數考好一點，就讓全家人跟著受罪。

「確定，別擔心了。」我說。「我沒事。」

「這樣吧。」她對我微笑。「我們先吃晚餐。吃完後，我就幫你解一些題目。」

「好。」我同意道，雖說世界上數學比我還爛的，大概只有我媽了。

「別擔心，艾咪。我相信你會考得很好的。你從來沒失誤過。」

我不確定這次的考試我會不會考得好。但現在，比起考試，我更擔心的是那個處處都能看到的小女孩。

14

現今

卡麥隆正坐在護理站，寫著一張關於蜘蛛丹的筆記。

儘管貝克醫生沒有要求我們寫筆記，但卡麥隆總是能超出期待。他就是這樣的人。每次有考試，他就會把教材讀過一遍又一遍，用不同顏色的筆標記教科書中的每一句話，然後他會把他找得到的練習題統統做過一遍，甚至兩遍。

卡麥隆說這是因為骨科極度競爭，所以他的成績必須非常優秀才能拿到住院醫師的培訓資格。我沒必要那麼競爭，因為我不想當骨科醫師。我想當……呃，我不知道我想進哪一科。我知道我想當醫生，而目前為止，這樣就夠了。我想等大三結束後，我會弄清楚的。

我唯一確定的是我不想成為精神科醫生。（或骨科醫生。）

我曾經覺得卡麥隆那麼認真念書很有魅力。我喜歡他這樣充滿幹勁。我的意思是，每次跟他一起念書時，我總覺得自己很笨，但最後考試都考超好，因為他會逼我做到最好。也不知道是從什麼時候開始，我不再覺得他這樣很有魅力，而是很煩。

大概是他為了準備資格考而甩掉我那時候吧。

貝克醫生雙手插在白袍口袋裡，慢條斯理地走到護理站加入我們的行列。我看到他時，心跳加速。「貝克醫生。」我說。「我需要跟你談談。」

「沒問題。」他對我微笑，那對酒窩又冒了出來，或凹了下去，反正就是酒窩該有的樣子。「怎麼了，艾咪？」

我撥弄著手術褲的抽繩。「你知道那個關在隔離病房的病人吧？索耶？」

「是……」

「我聽見裡面傳來奇怪的聲音。」我伸長脖子看向走廊。「你說他被綁住了，但聲音聽起來就像……像他在撞門。」

貝克醫生皺眉。「我想不通他怎麼有可能掙脫束帶。我們晚餐後就把他的兩隻手都綁起來了。」他看向雷夢娜，她正站在走廊的派藥車旁邊，把一堆彩色藥丸倒進小塑膠杯裡。「妳把索耶的雙手都綁好了，對吧？」

「當然了，醫師。」雷夢娜說。

「我只是……」我握緊拳頭，指甲掐進掌心。「聽起來真的就是那樣，就像有人試圖逃出來。」

貝克醫生站在原地，臉色凝重。「謝謝你告訴我，艾咪。我們明早進去房間時會格外小心。」

希望他們明早進去時我已經離開了。貝克醫生篤定地說過，隔離病房的病人不會對我和卡麥隆造成危險，所以但願他可以等我們忙完，等病房裡人手多一點的時候再處理。

貝克醫生低頭看著卡麥隆，他已經寫到第五頁了，看樣子會是一篇超長的筆記。他每次全神貫注時，嘴角會習慣伸出舌頭。我以前覺得這樣很可愛。

「我沒說你們要替病人寫筆記。」貝克醫生說。

「我喜歡寫筆記。」卡麥隆睜眼說著瞎話。「這可以幫我整理思緒。」

貝克醫生看我一眼，我發誓我看到他稍微翻了個白眼。蓋比說得對——我的確喜歡他。「好吧，你高興就好。你拜訪了誰？」

「丹尼爾．路德維希。」

「蜘蛛丹！」貝克醫生雙手一拍。「我最喜歡的病人！典型的精神分裂症案例。大腦真的超神奇的，對吧？」

「我完全同意。」卡麥隆說。我認識這傢伙這麼久，從未見過他跟任何教授持反對意見。

「我一直很好奇是什麼原因導致正常的大腦產生如此強烈的妄想。」貝克醫生說話時，整個人容光煥發。看得出來他是那種對自己職業充滿熱情的人，這讓我更尊敬他了。「精神分裂症的基本概念是大腦的神經傳導物質出現失衡，這種失衡以特定的方式發生，進而產生一連串典型的症狀。」

卡麥隆點頭如搗蒜。「這真的太有意思了。」

貝克醫生對他笑了笑。「卡麥隆，你能說明一下精神分裂症的典型症狀嗎？」

卡麥隆一時之間措手不及，但很快就恢復鎮定。「這個嘛，」他說。「他同時有正性症狀和負性症狀。」

「比方說？」

卡麥隆低頭看著他面前的那疊手寫筆記，上面詳細記錄了病人從出生到五分鐘前的一切。「比方說，妄想自己是蜘蛛人，有幻聽，以及言語紊亂的正性症狀。但同時也有負性症狀，像是他不會看你的眼睛，沒有任何朋友，而且講話的語氣很單調。」

貝克醫生點點頭，很是讚賞。「有人今晚有備而來喔。」

卡麥隆露出燦笑。噢，太好了，他現在被誇了幾句，等等整個人一定會變得更討厭。

「他認為他手上的蜘蛛絲和尿尿有關。」貝克醫生向我解釋。「所以他會站在馬桶前，企圖射出蜘蛛絲。但由於他所服用的藥物會導致解尿有困難，所以情況又更糟了。」

「可憐的傢伙。」我喃喃地說。

「你應該去見見他，艾咪。」貝克醫生說。「正如我剛剛說的，他是典型的精神分裂症案例。這會是一次很好的學習經驗。」

「我已經見過另一個有精神分裂症的病人了。」這麼說比較好，我不想承認訪問一個自以為是蜘蛛人的病患令我不安。「威廉・舒菲爾德。」

貝克醫生思考片刻。「他有點特別。他的表現跟一般的妄想型精神分裂症不太一樣。」

「是嗎？」

「嗯，我是這麼認為。」貝克醫生說。「他有卡麥隆所說的正性症狀，像幻聽，而且絕對有妄想症。但是負性症狀就比較少。另外，他說他幾個月前才開始聽到聲音。我們很少碰到快三十歲的男生才第一次出現精神分裂的症狀。一般男生都是在快二十歲或二十出頭的時候發病。」

我皺眉。「所以這代表什麼意思呢？」

「可能像我說的，這是精神分裂症的特殊案例。」他聳聳肩。「但也有可能，他的症狀早就出現了，遠遠不只是幾個月前。畢竟很多患有精神分裂症的人，根本不知道自己有病。」他用手指敲打桌面。「他可能已經聽到那些聲音好幾年了。」

我試著想像好多年來一直聽見有聲音叫你去殺人是什麼感覺。

「總之，」貝克醫生揮揮手。「藥物目前抑制住舒菲爾德的症狀了。去見見丹尼爾・路德維希吧。我想你會覺得很有趣。」

「我很樂意幫你引介一下，艾咪。」卡麥隆提高音量說。

太好了，他們都看著我。我非去見他不可了。

「當然。」我說。「我們走吧。」

15

距離天亮還有：十一小時。

由於病房太小，而我們有兩個人，所以我們決定在病友休息室採訪蜘蛛丹。病友休息室比員工休息室大，但也沒有比較舒適。另外，這裡最近肯定剛刷過油漆，因為空氣中瀰漫著淡淡的油漆味。我坐在有櫻桃圖案的沙發上等待，忍不住一直跺腳。噠、噠、噠。我和瑪麗的棒針加在一起，就能組成一個樂團了。噠、噠、噠。喀、喀、喀。

我盡量不去想起潔德。今晚過後，我就能離開這裡，潔德卻不知道要困在這裡多久。我不知道她做了什麼好事讓自己落得如此下場，但我相信一定是她活該。

關於潔德，我確切知道的是她有躁鬱症。這是她十六歲住院時診斷出來的。後來我才知道她母親也有同樣的病——這種事很容易遺傳。她開始吃藥控制，然後又加了第二種藥。開始吃一堆藥後，她彷彿整個人都變了——像個活死人。她再也不是我的好朋友了，感覺就像她做了腦葉切除手術一樣。

我只能說，她現在看起來好像恢復成以前的樣子了。

天啊，希望她不會告訴貝克醫生她認識我。那真的會丟臉到爆。尤其是如果她跟他說——

「我不能吃這些餅乾！」

一位老先生站在我面前，抓著一個皺皺的紙袋。我不知道他是誰，但他的左手戴著白色手環，表示他是病人。他長得很像以前演西部片的那個演員——我奶奶以前超愛他的。我記得他的名字是，克林．伊斯威特。

「你說什麼？」我對老先生說。

「這些餅乾。」長得像克林．伊斯威特的老先生對著我搖晃紙袋，我這才看到裡面裝了一堆蘇打餅乾。「我有糖尿病！誰給我這些餅乾的？」

「呃。」我說。「我不確定。」

「我不能吃這些餅乾。」伊斯威特告訴我。「你們搞錯了。這些餅乾會害死我！」

「我不覺得這些餅乾會害死你。」

「你哪知道？你是醫生嗎？」

「我是醫學生。」

伊斯威特再次對著我搖晃那袋蘇打餅乾。「這應該是你訓練的一部分。你不可以拿餅乾給糖尿病患者吃。」

「呃。」我說著，朝房間角落的垃圾桶點點頭。「那你可以直接丟掉就好了吧？」

「我才不會浪費食物！你到底有什麼毛病啊？」

「呃。」我很樂意拿走餅乾，但我不確定除了丟進垃圾桶外，還能怎麼處理，丟掉顯然不行。「你何不先把餅乾帶回房間，我們會請人幫你處理掉？」

他看著我好長一段時間，考慮我的提議，接著搖了搖頭。他轉身走掉，一邊喃喃自語：「沒用。都是沒用的東西。」

好吧，真怪。

我還來不及去臨床醫學資料庫網站查看餅乾是否真的會害死糖尿病患者，走廊上就傳來卡麥隆的聲音。「我們到了！」他大聲說。沒一會兒，他和穿著蜘蛛人T恤的男人出現在休息室門口。「那是艾咪，另一個醫學生，我跟你說過的那個。」

他跟蜘蛛丹是怎麼形容我的？我不敢想像。*艾咪是今晚在這裡值班的另一個醫學生。她很聰明，只是沒我那麼聰明。她老是喜歡拖我出去吃印度菜，我會去，雖然我每次吃完都胃痛。*

蜘蛛丹上下打量我，面無表情地點點頭。他好像沒有因為我在場而生氣，但也沒有高興。感覺好像在跟機器人說話。這讓我想起潔德吃藥後的模樣，跟我的病人，威爾．舒菲爾德差好多。

我挪到沙發一邊，讓蜘蛛丹可以坐下，同時，卡麥隆拉來一張椅子。卡麥隆的身材比蜘蛛丹高大一些——兩人相比之下，卡麥隆更像一個偽裝的超級英雄。蜘蛛丹看起來大約四十多歲，褐髮有點禿，還有雙下巴。他坐下後，把雙手手腕朝上伸出，一直低頭看。

「你好。」我說。「我是艾咪。」

「你好。」蜘蛛丹說著，仍然沒有抬頭看我。

「我剛剛跟艾咪稍微聊了一下你的事。」卡麥隆說。「你的蜘蛛絲。」

蜘蛛丹點點頭，看起來稍微有了一些活力。他指著左手腕的筋。「看到了嗎？我覺得這些有點像蜘蛛絲。蜘蛛絲就在我皮膚下面。我需要把它們弄出來。我想我可以，但我不知道怎麼弄。不過我相信我弄出來的話，它們就會是蜘蛛絲。」

「他有蜘蛛絲方面的問題。」卡麥隆跟我說。

「我明白了。」我喃喃地說。

「你知道嗎？」卡麥隆對蜘蛛丹說。「很多的蜘蛛人其實並不會從他們的體內射出蜘蛛絲。他們會親手製作。所以嚴格來說，你可以製作你自己的蜘蛛絲。」

蜘蛛丹目不轉睛地看著他。

「例如用牙線之類的。」卡麥隆加上一句。

「牙線。」蜘蛛丹重複說。

我瞪了卡麥隆一眼。他聳聳肩。「幹嘛？」他說。「我只是給個建議。」

「路德維希先生。」我說。「我好奇，你有超能力嗎？」

他再次點頭。「我有蜘蛛感應。例如有事不對勁的時候，我會知道。因為蜘蛛有這種感應能力。你就是這樣知道的。大家都是這樣知道的。」

我望向卡麥隆，想看看這些話他聽不聽得懂。他搖搖頭。

「而且我有戒指。」蜘蛛丹接著說。「戒指給了我超能力。如果我戴上戒指，我就有超能力。」

「不對。」卡麥隆有耐心地說。「你想的是綠光俠。他才是戴戒指的超級英雄。」

蜘蛛丹看著卡麥隆，表情略微不悅。「不，我有那枚戒指，不是綠光俠。如果我要跟八爪博士和綠惡魔決鬥，就需要那枚戒指。所以我必須拿到戒指。戒指在那個東西裡面。那東西閃閃的，刺刺的。如果我拿到那個東西，我就會得到戒指。這就是為什麼我需要它。」

蜘蛛丹看看我，再看看卡麥隆。他完全不知道他剛剛說的全是胡言亂語。一個人怎麼會走到這個地步，大腦完全無法正常運作？他們的現實怎麼會脫離了世界上其他人所生活的現實？而該怎麼做才能阻止這種事發生在其他人身上？

「丹，」卡麥隆說。「你認為綠惡魔就在這附近打算要傷害你嗎？」

蜘蛛丹認真思考了幾秒鐘，彷彿綠惡魔是否要來對付他這件事該不該告訴我們，對他真的很重要。「不，我不這麼認為。」他若有所思地說。「但我的蜘蛛感應告訴我，這裡有人想要傷害我……」

「誰？」卡麥隆龍問。

蜘蛛丹顫抖地深呼吸。「戴蒙·索耶。」

卡麥隆眨眨眼，很驚訝聽到這個答案。顯然，這不是蜘蛛丹第一次跟他說了。索耶。就是關在一號隔離病房那個病人的名字。那個不知怎麼掙脫束縛、一直企圖把門撞破的病人。

「你覺得戴蒙·索耶想要傷害你？」卡麥隆追問他。

蜘蛛丹沉默了整整一分鐘。最後他開口說：「不只是我。」

「那還有誰？」我脫口問。

「所有人。」蜘蛛丹用平淡的語氣說。「戴蒙・索耶今晚要殺掉我們每一個人。」

「為什麼……」我的聲音變得沙啞。「為什麼你會這麼想呢？」

「因為他就是這麼告訴我的。」

16

「你不會認真覺得我們有危險吧。艾咪？」

儘管蜘蛛丹已經平安回到他的病房，我仍抖個不停。我已經在病友休息室的沙發上坐了五分鐘，無法起身離開。我聽到那句話不斷在我耳邊迴盪：

戴蒙・索耶今晚要殺掉我們每一個人。

「索耶關在那間隔離病房裡。」卡麥隆強調。「他被綁住了。」是嗎？我聽見他用身體在撞門，我不確定他被綁住的話，還能不能這樣做。

「就算他沒被綁住，」卡麥隆補充說。「他也不可能離開房間。他沒有密碼。」

「你哪知道。」

「貝克醫生看起來不擔心。」

才不是這樣。當初我提到索耶可能掙脫束縛的時候，貝克醫生明明就很擔心，雖然他好像想在我們面前裝沒事。畢竟，我們剛來的時候，他所說的第一件事就是隔離病房的病人很危險。他特別叫我們不要靠近那個房間，以策安全。「聽著，」卡麥隆說。「你別瞎操心了。我不會讓你出事的，好嗎？」

「真令人安心。」我喃喃地說。

「我不知道你為什麼一直裝作我們是好朋友的樣子。」我說。「我們以前不是朋友，現在也不是。」

「艾咪……」

他思考著我的話。「聽著，」他說。「我帶了一樣東西給你。」

他把手伸進手術服的口袋，結果讓我驚訝的是，他拿出一包Ring Dings奶油夾心蛋糕。我看到的時候簡直不敢相信。Ring Dings是我這輩子最愛的甜食。我規定自己不能買，否則我會吃個不停。它們比巧克力舒芙蕾或是其他高級甜點都好吃多了。它們是完美食物——有奶油內餡、巧克力海綿蛋糕，然後外面再裹一層巧克力。人生有這個就夠了吧？

不得不承認，看到這包甜食確實讓我心情好多了。

「你特地帶這個給我？」我問。

「我看你要在這裡跟我相處一整晚，而且我知道這是你最愛的……」

卡麥隆的頭髮又有點遮到眼睛了，我又忍不住想幫他撥開。他為了考試跟我分手之前，我經常這樣做。他第一次吻我的時候，我也是這樣做的。

那是在派對上發生的，不然還能在哪裡？就是那種醫學院的派對，慶祝又考完試了，酒多到爆炸。跟大學的派對不一樣，由於我們年紀都已經夠大了，不用假證件也能買酒，所以每次都玩超瘋。

時間是在我們剛考完一場重要病理學考試的晚上。我為了那場考試準備得超認真，卻也是少數幾次努力沒有得到回報的考試。題目真的出得超隨便。我們的米勒教授問的問題大概像這樣：「在教科書第一百二十一頁第三段，關於肺癌的病因學說了什麼？」這真的是考題。你怎麼回答這種問題？唯一的辦法就是看著四個選項，閉上眼睛，隨便指一個。

所以那天晚上，我百分之百確定自己一定會不及格，並下定決心要喝得爛醉忘記這件事。

我才喝到第二杯啤酒，結果去廁所的路上，就撞見卡麥隆，不只是撞見，是真的撞上他。撞上他很容易，畢竟他佔據了走廊九成以上的空間。

我和卡麥隆不熟。我們的朋友圈不一樣。奇怪的是，醫學院的交友模式又回到了高中時期：有受歡迎的人、書呆子、癮君子——你懂我的意思。卡麥隆是我們班的風雲人物之一——長得帥、成績好、有一種不羈的魅力。他甚至有一口潔白整齊的牙齒，簡直叫人抓狂。我跟我朋友常常笑他太完美了。笑他有點努力過頭。

但這次卡麥隆的表情跟派對上很多人一樣，都是一臉失魂落魄。那種很確定自己病理學考砸的模樣。他又是那種非常想拿高分的人。不然他要怎麼申請到骨科住院醫師的資格呢？

我舉起啤酒。去他的米勒教授，我說。那是當晚標準的敬酒用語。

他盯著我好一會兒，然後揚起微笑。我這才第一次注意到他的牙齒沒有我想像中那麼完美。他左邊第二顆門牙上有一小塊缺口，他後來告訴我那是打橄欖球時撞掉的。去他的米勒教授，他說。

幸好還有調分，我加上一句。

希望如此，他說。

希望如此，我嚴肅附和道。

那一瞬間，我差點想自我介紹，儘管我們已經在只有一百個人的班級裡當了一整年的同學。我好像不太認識他，又好像跟他很熟了。我已經知道他想當骨科醫生，他大學打過橄欖球，還有他上課超愛對教授們的研究問各種問題。我也知道他女朋友是同班的潔西，不過聽說他們快分手了——她半小時前就說胃不舒服，提前離開派對。

但對於卡麥隆，有件事是我當天晚上才知道的，那就是他的吻功非常厲害。並且，在喝完最後一杯啤酒後，他就沒再喝了，這樣他才能保持清醒，安全送我回家。

我倒是沒料到會愛上他。我以為我們那天晚上親熱之後，他早上醒來會想，天啊，我昨晚幹了什麼好事？我沒料到他隔天早上會打電話給我，問我好不好，要不要一起吃晚餐。我問起潔西時，他告訴我他剛剛正式跟她提分手了。

顯然，是因為我的緣故。

我完全沒料到會跟他交往整整一年。他甩掉我的時候，我也沒料到我會那麼傷心。

雖然超想吃的，我還是把Ring Dings放回沙發上。「我不要。」我說。

「你當然要了。」

「不，我不要。」我酸溜溜地對他說。「我不要你的Ring Dings，我也不要你的保護。」我咬著牙。「老實說，我巴不得這輩子再也不要看到你。」

卡麥隆雙肩下垂。「我知道你很生氣……」

「我沒有生氣。」我說。「你做得對。反正我們又不會結婚。你跟我分手是對的。現在你就可以跟一大堆護理師瘋狂做愛了。」

「艾咪！」卡麥隆的臉頰泛紅。「那不是我想要的。」

「騙人。」

他撥開遮住眼睛的頭髮。「萬一我犯了錯呢？」

他是認真的嗎？如果是的話，我今晚真的會抓狂。沒錯，他當初跟我分手的時候我真的很慘。但事情都過去了，結束了，我不能重蹈覆轍。就算沒有別的理由，光是蓋比要再安慰我一次跟卡麥隆・伯格分手的痛苦，她都會真的宰了我。

「卡麥隆，別這樣。」我說。

「為什麼不行？」他揚起一邊的嘴角微笑。「你不能否認我們以前在一起的時候很開心。」

我正要好好跟他講清楚，為什麼我們復合絕對是大錯特錯，這時才發現休息室不只有我們兩個了。不出所料，有個病人逛啊逛的走進休息室。我抬頭一看，是威爾・舒菲爾德。就是那個會聽到有聲音叫他殺人的傢伙。喔，是以前會聽到聲音的傢伙。

又或者那只是他的說詞。

「嘿。」威爾看著我們兩個擠在沙發上。「這個房間有人用嗎？我本來想彈鋼琴的。」

「呃……」卡麥隆抬頭看威爾，他已經往角落的鋼琴走去。「我們該回員工休息室了，我們可以吃點晚餐。」
「我不餓。」我說，但願卡麥隆沒聽見我說這句話時咕嚕作響的肚子。
「歡迎你留下來聽我彈鋼琴。」威爾在長椅上坐下時說。他把指關節壓得喀喀作響，接著把手指放在琴鍵上。一秒後，莫札特的樂曲充斥整個房間。
卡麥隆給我一個眼神，像是要我跟他一起走，但我在沙發上動也沒動。幸好，他沒有強迫我。我看著他邁步離開房間，沉重的腳步聲伴隨著鋼琴聲一起傳來。
「有特別想聽的嗎？」威爾問我。
「聽你現在彈的就行了。」我暫時閉上眼睛，讓音樂流淌全身。他真的彈得很好，簡直是職業水準，但我又懂什麼呢？「你是特別為了什麼事情在練習嗎？」
威爾對我咧嘴一笑。「其實，我之所以進來，是因為你聽起來很想結束話題。」
我忍不住放聲大笑。整晚第一次發出笑聲。
「所以……他是怎樣？你的前男友？」他問。
「這個問題有點私人……」
「嗯，你剛剛好像問了我很多私人問題。」
我再次閉上眼睛。「那不一樣。」
「好吧，你想要我閉嘴。」威爾很客氣地說。「OK，我知道了。」
他繼續彈鋼琴，聽著音樂放空的感覺真好。這麼有才華的人，大腦卻壞掉了，真令人難過。

但不是都說，天才比較容易有精神病嗎？還是這只是自己瞎掰的？

不管他的腦袋裡發生什麼事，威爾看起來是個好人。他確實幫我擺脫了與卡麥隆的那場尷尬對話。或許他能幫我解答其他的疑問。

「嘿，」我說。「我能問你一個問題嗎？」

「當然，問吧。」

「隔離病房裡的那個病人有多危險？」

威爾的手在琴鍵上方停住了。「你知道那傢伙？」

「知道一點。他的名字是戴蒙．索耶，對吧？」我端詳他的表情。「你認識他嗎？」

「不認識。」他說，回答得有點太快。「我剛來這裡幾天而已，他大多時間都待在他的房間裡。」

「可是你知道他在隔離病房……」

他不彈了，在長椅上轉過身看我。「他們昨晚把他關進去的。他們叫我們都待在自己的房間裡，所以我沒看到騷動，但我聽到了。我們都聽到了。」

「聽到什麼？」

威爾的喉結上下抖動。「他在尖叫。尖叫說他要殺光這裡的每一個人。坦白說，挺嚇人的。」

我完全同意。「但他現在被關在隔離病房裡了。」

「沒錯。他們用束帶把他綁得牢牢的。」

我皺眉。「你怎麼會知道？」

「我聽見他一直在尖叫著這回事。」威爾搖搖頭。「我不知道他做了什麼才被關起來。但那傢伙顯然不正常。非常不正常。」

「所以如果他聽見有聲音叫他去殺人，他就會去做？」

威爾低下頭。「嗯，我可以想像。」

一陣寒意襲來，我抱住自己，用雙手搓著上臂。「貝克醫生說他明天就要走了。他們要把他送到更安全的地方。」

「很好。」

威爾從長椅上站起來，臉上的笑意消失了，而且他仍迴避我的眼神。「我要回房間了。這些藥……真的讓我好累。」

「不過很值得，對吧？」

他猶豫半晌。「嗯，當然。」

「好吧。謝謝你的音樂。」

「別客氣。」他在鋼琴前徘徊片刻，看起來有事想告訴我。但後來，他搖搖頭。「晚安了，艾咪。」

「晚安。」我說。

但說真的，這晚才正要開始呢。

17

距離天亮還有：十小時。

我回員工休息室拿我的起司三明治，想說把它吃了。我還是沒什麼胃口，但我必須吃點東西才能撐過今晚。另外，我想傳訊息給蓋比更新一下現在的情況。打開冰箱時，我的晚餐已經跟那瓶結塊的牛奶貼在一起，但我盡量不去多想。三明治有包好，放在紙袋裡——應該沒問題。整個冰箱散發著酸牛奶的氣味。也許我今晚真的該來清冰箱。這樣我就可以想點別的事情，不用一直去想隔離病房裡那個想要殺光我們的傢伙。

但首先，我得傳個訊息給蓋比。

我像上次一樣照她說的做，走到窗邊，把手機貼在玻璃上。雖然上次收到幾格訊號，但這次手機仍然寫著「沒有服務」。所以我收不到我來這裡之後的訊息，也傳不了訊息。

太好了。

我把手機放回口袋，回去吃那可怕的三明治。就是麵包、芥末跟放了兩年的美國起司。這可能是我吃過最難吃的三明治，卻是我今晚帶來的唯一食物。

我咬下一口三明治，門外傳來腳步聲。我把三明治放到桌上。「卡麥隆？」我叫道。

沒有回應。

這次，我小心翼翼推開椅子站起來，瞇起眼看著員工休息室的門口。「卡麥隆？」我說。見沒有回應，我再次開口：「貝克醫生？」

沒有回應。但腳步聲越來越響亮了。

「潔德？」我聲音哽咽地說。

沒理由慌張。就因為有人在門外走動，不代表有人想攻擊我。我相信我非常安全。這層病房只有一個危險的病人，而他被關在隔離病房裡。

對吧？

我亦步亦趨地走向休息室的門口。快到的時候，一個人影出現在門邊，把整扇門塞得滿滿的。我愣了一下才認出米高，我們剛到這裡時迎接我們的那個人。那個自以為是上帝之子的傢伙。

他仍疊穿著四件T恤，這讓他原本就魁梧的身材顯得更壯了。只是現在他臉上多了東西。臉頰上有白色的條紋，看起來像戰士的彩繪。不過等他走近，我才發現那可能只是奶油起司。

「你。」他說。

我直盯著他。「你……你還好嗎？」

「不，我不好。」他用帶著口音的英語說。「我告訴過你，我父親說我需要離開這裡。Quiero ir（我想走）。」

「我很抱歉。」我看向他的後方，希望有人注意到我們之間的對話，希望不只有我們兩人單獨在這裡。「我沒有權限讓你離開。」

他佈滿血絲的眼睛與我對視。「你知道密碼嗎？」

347244。我已經記在手機裡，但也背下來了。「不，我不知道。」

「該死。」他的臉垮下來。「我們必須拿到密碼。我父親說我們必須離開這裡。」

「我們早上再說吧？」我溫柔地建議道。

「不，你不懂。」米高咬牙切齒地說。「早上就太遲了。」

「為什麼？」我追問他。

「因為我父親說戴蒙．索耶會在早上殺掉我們。殺光我們所有人。Muerto（死翹翹）。」

他一講完，走廊盡頭就傳來一記可怕的重擊聲。這次整面牆好像都在震動。雖然不確定，但我覺得是從一號隔離病房傳來的。

裡面的人正不顧一切想要出來。

但他不行，他出不來的。

「借過一下。」我勉強擠出這句話。我推開米高，衝到走廊上，大口喘氣。我不管，我不要再一個人了。我得找到卡麥隆或貝克醫生或雷夢娜或什麼人都好。我不能是這裡唯一的醫護人員。太危險了，這點很清楚。

只是整條走廊鴉雀無聲。大家都去哪裡了？

我回頭看，米高沒有跟上來。我聽見一個輕柔的蜂鳴聲，這表示他正試圖離開，但不知道密碼。我聽見蜂鳴聲響起第二次。他在狂按密碼，試圖離開。我快步走在寧靜的走廊上，頭頂的日光燈閃爍著。現在是很晚了沒錯，但精神病房不該這麼安靜，對吧？

我終於繞完一圈，看到寫著「主治醫師」的門。我不想打擾貝克醫生，但他有位病患想要逃跑，感覺應該要讓他知道。所以猶豫幾秒後，我敲了敲門。

一陣窸窣聲後，門打開一條縫。貝克醫生穿著手術服站在門邊，白袍隨意扔在辦公室角落的一張沙發上，我猜那張沙發在值夜班時會充當床鋪。

「嗨，艾咪。」他瞇眼看著我的臉。「你還好嗎？」

「我很好。」我說謊。

「有什麼事嗎？」

一瞬間，我愣在原地，完全忘記自己來這邊幹嘛。後來我才猛然想起。「那個叫米高的病人想要跑出去。他一直在門邊按密碼，想要把門打開。」

「喔。」貝克醫生聳聳肩。「隨他去吧。他不知道密碼，哪裡也去不了。」

他的回答讓我有點洩氣。我原本希望他會直接走到門口，把事情解決。但他說的也對。只要病房裡的病人都不知道密碼，就沒人能離開。唯一能離開的人只有我、卡麥隆、雷夢娜和貝克醫生。

「你確定你沒事嗎，艾咪？」他溫柔問。

「我沒事。」我說，儘管語氣稍嫌猶豫。「只是整晚都要待在這裡有點難熬而已。」

他同情地點點頭。他跟卡麥隆不一樣，他對別人超有同理心的。我敢說他跟病人一定相處得很好。他很年輕，但感覺已經做這行做很久了，有種老練感。「我懂。我忘了第一次遇到這種事有多害怕。」

我勉強擠出微笑。「你第一次待在精神病房的時候也很害怕嗎？」

「怕得不得了。」他對我咧嘴笑。「有個壯得像橄欖球員的傢伙，整晚跟著我。他沒有要傷害我，但我走到哪，他就跟到哪，像我的影子一樣。」他歪過頭。「現在想想，他只是想跟我聊天。但我那時候太害怕，沒發現。」

「有……有沒有病人曾經想要傷害你？我是說，肉體上的傷害？」

「有啊。」他的褐色雙眼略顯黯淡，但他決定不再繼續講下去。「但那是完全不同的情況。今晚這裡不會發生任何壞事。這裡沒有人想傷害妳。」

「除了戴蒙．索耶以外。」我忍不住脫口說。

貝克醫生睜大雙眼。「他……你沒有打開隔離病房的門，對吧？」

「沒有！當然沒有！」

「那就好。」他的肩膀放鬆下來。「聽我說，像他這種病人來這裡很不尋常。但他早上就會離開。而且只要他被鎖在那個房間裡，就不會傷害任何人。他出不來的——相信我。」

可是他已經掙脫束帶了。

貝克醫生低頭看一眼手錶，再抬頭看我。「很快大家就要睡覺了。你可以看點書。如果夠安靜，你也可以去空的病房睡一下。」

我絕對不會進去那些病房睡覺。門都沒有。我會在休息室的沙發上撐著。卡麥隆想跟我修復關係，所以他一定會把沙發讓給我。

貝克醫生返回辦公室，留我獨自一人在走廊上。他說得對。我應該去看點書，然後補點眠。很快就天亮了。

我轉身走回員工休息室，想說把三明治吃完。但一轉身，我才發現剛剛有人一直站在我身後。是潔德。

18

八年前

我和潔德今天約好了在學校圖書館碰面，果不其然，她又遲到了。

我站在圖書館門口，喝著所剩無幾的蜜桃冰茶。剛剛上三角函數課的時候，潔德答應我放學要一起念書。學校圖書館開到五點，我想，就去那邊念。沒有藉口了吧。

看樣子，也沒有潔德。

我喝完最後一口冰茶，丟進圖書館門口的垃圾桶。我看看手錶。三點半了，這表示除了幾個社團外，全校師生差不多都離開了。潔德大概也溜走了，不然就是在學校後面抽大麻。我真傻，竟然以為她這次真的會來。

我還是直接回家算了。

可是，我需要她幫忙。我媽昨晚試圖幫我，但簡直是笑話一場。她根本比我還不懂。最後我們兩個都超火大，還對彼此大吼大叫。她答應幫我請個家教，我最後也崩潰同意。但這次的期中考鐵定是完蛋了。

不過往好處想，我今天都沒看見那個小女孩。

「艾咪！」天啊，奇蹟出現了——潔德正朝著圖書館的方向飛奔而來，書包隨意拽在肩上，一邊瘋狂向我揮手。「抱歉我遲到了，艾咪！」

「沒關係。」我說。

她靠近時，我聞到一股大麻味，但沒有昨天那麼濃。希望她就算有點茫，還是能算數學。潔德算是個數學天才，我想應該沒問題。

「準備好了嗎？」我問。

她點點頭。「準備好了！喔，我們今天要算超多數學，多到你無法想像。我們要念上八小時的書。不蓋你，連續算整整八小時的數學。結束後你會把正弦和餘弦都吐出來！」

我放聲大笑。她看起來不像有抽大麻——她簡直精力充沛。「好……那我們就開始吧。」

「沒錯！馬上開始。」她動身準備走進圖書館，就在這時，她停下腳步。「喔，等一下！我真笨。我把課本忘在教室了。我去拿一下，OK？」

我一臉失望。「潔德，現在所有教室都已經上鎖了。我們就用我的課本吧。」

「用你的課本?不行，這太傻了！」她挽住我的手臂。「我們請工友幫忙開門就行了。走啦，一下下就好。」

我還來不及抗議，潔德就拖著我往樓梯間走去。她抓著我手臂的那隻手，在虎口那邊有一圈紅紅的，看起來像燙傷。我很好奇她怎麼弄的。但如果我問她，她只會亂編故事。

來到樓梯間時，潔德兩階併作一階往樓上跑，我不得不加快腳步追上她。萊爾登老師的教室在四樓，這時候通常除了清潔人員，都沒人了。果然，我們到的時候，沒有學生或老師的蹤影——只有一個中年男子在置物櫃前面拖地。

潔德走到工友面前，揚起她的紅唇微笑。「嘿，你好啊！」

工友的目光離開地上的水桶，慢慢抬起頭。「有事嗎？」他用一種我聽不出來的口音說。

「我把我的課本忘在428號教室了。」潔德活潑地說。「你能讓我們進去一下嗎？」

我注意到潔德開口的時候，故意挺起胸膛。工友的眼睛很快往下瞥了她的胸部一眼。

「只要一下下就好。」她加上一句。「我真的需要那本書去準備明天的考試。拜託。」

工友猶豫片刻，便點了點頭。他伸進口袋，拿出超大一串鑰匙。我們跟著他走到428號教室，不知道為什麼，鎖轉開的時候，我的心猛地跳了一下。

「太謝謝你了！」潔德誇張地說。「很快就好。」

工友點點頭，繼續回去拖地。我跟著潔德走進教室，在她去拿課本時幫忙扶著門。但令我驚訝的是，她竟然把我推到一邊，然後把門關上。她用手指比了個噓的手勢。

「你負責把風。」她告訴我。「如果有人來了就告訴我。」

「什麼？」我說。「把什麼風？你在說什麼？」

我嚇死了，只見潔德走到萊爾登老師的桌子前，一把拉開底下的抽屜。她眼睛亮了起來，「有了！」

「潔德……」

「這是明天的考卷！」她從抽屜裡拿出一份用釘書針釘起來的文件，舉得高高的。「這樣我們就不用念八小時的書了！只要解開這些題目，我們兩個都會考一百分。我很聰明吧？你有我這個好朋友真是太幸運了。」

「我才不要！」我往窗外看一眼，確定沒人在看。「潔德，你快點放回去。這是作弊。我們會惹上麻煩的。」

「喔，拜託。」她翻了個白眼。「你真的很容易大驚小怪耶，艾咪。不過就是一次考試而已！沒什麼大不了的。你這輩子還會有什麼時候用到正弦或餘弦？」

我完全不曉得這是她的盤算。這真是太蠢了。我不知道是作弊這件事本身比較可怕，還是被抓到作弊比較可怕。沒錯，四樓現在基本上沒人，但我們還是有可能被看到。我再次看向教室窗外，看有沒有人會去告密。

就在這時，我看到她了。

那個小女孩。

她就站在教室外面，一頭金色捲髮落在臉頰兩側，直勾勾地看著我。

「潔德！」我連忙把視線從窗外移開。「我們得趕快離開這裡，快點。」

潔德把考卷塞進書包，來到門口。我們回到走廊上時，唯一在場的人只有工友。沒有老師、沒有學生。沒有小女孩。

潔德對工友晃了晃手指。「拿到書嘍！謝謝！」

她再次抓住我的手臂，把我拉向樓梯間，我整個人嚇壞了。我以為我們只是要一起念書。我完全沒料到她打的是這個主意。

「潔德。」我對她嘶聲說。「我不會看那份考卷的。」

她把我拉進樓梯間，停下腳步，瘦瘦的手臂抱在胸前。「為什麼不要？你想把期中考考好，對吧？」

「對，可是不是用這種方式！」

她不耐煩地哼了一聲。「別傻了，艾咪。你根本不知道這堂課在幹嘛，我們也不可能在明天早上之前搞懂。你期中考想要及格，唯一的方法就是拿到考卷。否則你就死定了！」

沒錯，她說得對。沒人幫我，我一定會考不及格。就算念八小時也沒用，而且我懷疑潔德根本不想跟我念那麼久的書。

但我不管。我是不會作弊的。我絕對不會做這種事。

絕對不會。

19
現今

距離天亮還有：九小時。

「你的氣色看起來糟透了，艾咪。」潔德說。

「謝了。」我咕噥地說。

「你看起來就像剛剛吞了鋰鹽一樣。」

不管那是什麼意思。「我沒事，真的。」

她的表情變得溫柔，那一瞬間，歲月彷彿消失了。她變回了從前的潔德，那個每天放學一起走回家的人。有好事發生時，我第一個傾訴的人。我的摯友。「嘿，」她說。「可以聊聊嗎？」

我沒有立刻答應。儘管她有時候看起來像從前的潔德，但我不能忘記過去至今已經過了很多年。我已經不知道她是什麼樣的人了，只知道她現在在這裡。

當然，如果我去看她的病歷，我就會更清楚。但我不會去偷看的。

「我有點忙。」我說。

潔德吐了吐她粉紅色的小舌頭。「騙人。你根本沒事做。你只是在那裡閒晃，確保我們不會上吊之類的。」

「好吧。」我說。「我們來聊聊。」

「不是在這裡。」

我還來不及阻止她，潔德已經抓起我的手，把我拉到走廊上。我們經過912號房，瑪麗仍拿著棒針在打毛線。接著我們經過906號房，房裡的燈亮著，威爾大概正在讀《一路上有你》。最後，我們來到905號房。

潔德把門推開，挑眉看我。我深吸一口氣，走進她的房間。潔德不會傷害我的。至少不會是肉體上的傷害。

進房後，潔德在唯一的椅子上坐下。我只能選擇坐她的床，或是站著。我決定站著。

「聽著，艾咪。」她說。「我很抱歉剛才對你那麼壞。」

我對她眨眨眼，不敢置信，驚訝得一屁股坐上她的床，把床壓得嘎吱作響。這床墊的品質實在不怎麼樣。

「你得體諒我。」她玩弄著左手腕上寫有她的姓名、出生日期和醫院編號的白色塑膠手環。「我看到你的時候，覺得自己簡直是廢物。你現在就是過著你夢想的生活。你就要當醫生了。而我呢？我什麼都不是。我一事無成。而且老實說……」她顫抖地吸口氣。「我不知道我這輩子還能做什麼。我連一份該死的服務生工作都做不好。連我媽都比我強。」

「我相信你會沒事的。」

潔德看了我一眼。「你哪來的依據？我現在就住在精神病房耶。你怎覺得我會沒事？」

「因為你在接受治療了。」我說。「醫生在調整你的用藥，他們會讓你好起來的。然後你就可以去做……任何你想做的事。如果你想當服裝設計師，就去當吧。」

潔德在小學和國中時期一直很想成為服裝設計師。但到了高中，她每個禮拜都有一個新的職業抱負，而且每次都超興奮。現在想想，那根本是她躁鬱症發作。

「他們永遠不會把我的藥弄對的。」潔德抱怨道。「他們已經調整八年了。」

「這需要時間……」

她拉拉手環。「我該說你是樂觀還是好傻好天真。我也很想跟你一樣，相信他們這次一定會調對藥。但都八年了，早就沒希望了。我不知道我還有沒有救。他們連我媽都搞不定。」

我皺眉，想起那個擁有潔德的鼻子和下巴，但眼睛更深邃、胸部更大的女人。我從未聽過她用藥過量而死的詳細情形。我好奇潔德是不是第一個發現她的人。我簡直無法想像。潔德跟她母親不算很親，但她們都很保護對方。

潔德才二十四歲，跟我同年。我無法想像這麼年輕就失去自己的媽媽是什麼感覺。雖然我媽有時候很煩，但要是沒有她，我不知道我該怎麼辦。女兒還是需要媽媽。

早知道剛剛應該在掛電話前跟她說我愛她。

我突然有股衝動想給潔德一個擁抱。她經歷那麼多，我們兩個以前又那麼要好。但考慮到她是這裡的病人，這樣做非常不恰當。

「就是這樣。」她抬起那有黃色斑點的藍眼睛。「別說我的悲慘生活了。聊聊你吧。」

我聳聳肩。「沒什麼好聊的。我現在是醫學生。這個身分佔據了我生活從早到晚的每一刻。」

「說是這麼說。」她對我露出狡猾的笑容。「但那個醫學生呢？卡麥隆，對吧？別想否認你們之間沒什麼。我看得出來他看你的眼神。」

這種事潔德總是特別敏銳。「曾經有什麼，現在沒有了。」

「為什麼？他很帥耶！」

「他跟我分手了。他說他需要更多念書的時間。」

「不會吧！」潔德忍不住放聲大笑。「喔，艾咪，我很抱歉！但就像我說過的，他根本不是你的菜。」

她說得對。卡麥隆不是我喜歡的類型。但我是白痴——當初我真的慢慢喜歡上他了。雖然他是個混蛋，又太愛念書，但他也非常體貼。例如，我們去餐廳吃飯的時候，他都會幫我拉椅子。他也會幫我開車門。現在很少有二十四歲的男生，這麼努力想當個紳士。

就算他沒說分手，我們也不會有未來。我從沒覺得卡麥隆是我的真命天子。即便如此，我還是不想就這樣結束。

「你應該跟威爾在一起。」潔德說。

我想了一下才知道她在說什麼。「你說906號房那個男的？」

「是啊。」她說。「他是你的菜，對吧？我聽到你們兩個聊到你們高中時都喜歡看的那些無聊書，聊得很盡興。反正你們今晚也沒事，所以有何不可呢？」

我盯著她看。「因為他是我的病人，而且他現在住在精神病院。」

「你從以前就那麼古板。」

我甚至不知道該回她什麼。但我可以百分之百確定，我今晚不會跟任何人亂搞。不會跟卡麥隆，也不會跟威爾——我只想完好無缺地離開這裡。

「那你……在其他方面還好嗎？」潔德問。

她話中有話，我聽得非常不安。「還好。」我回答。

「你還會……」潔德壓低音量說。「看見東西嗎？」

我瞪她一眼。「不會。」

「因為你以前有時候——」

「不，我沒有。」我從床上站起來，腳有點軟。我不想再聊了。「你搞錯了。」

她揚起眉毛。「喔，你想來這招是吧，艾咪．布里納？」她也站了起來，眼睛與我平視。

「你不想讓這裡的任何人知道你其實跟我們沒兩樣。」

我緊咬著牙。「我之所以不想讓任何人知道，是因為你說的不是事實。」

潔德噘起嘴。「我們都知道這是天大的謊言。」

潔德房間傳來的敲門聲，嚇得我差點跳起來。下一秒，雷夢娜探頭進來。「潔德，我來給你送藥了。」她愉快地說。

雷夢娜在905號房門外站了多久？我們的對話她聽到多少？我端詳雷夢娜的臉，但她面無表情。她好像沒聽見潔德剛剛對我的指控。她眨眨眼，發現我站在房間中央。

「艾咪。」雷夢娜抓抓下巴。「你不是去見906號房的舒菲爾德嗎？」

潔德對我賊笑。「我決定再拜訪一名病人。」我喃喃地說。「反正我今晚也沒事做。」

「做得好。」雷蒙娜說。「來這邊實習的學生都只想隨便做做。他們都以為精神科很輕鬆。」

「不。」我說。「我絕對不認為這很輕鬆。」

20

我一點胃口都沒有。

跟潔德聊完後，我回到員工休息室，我的起司三明治仍在等我，但看起來完全不可口。我知道美國起司永遠不會壞，就算我從醫學院畢業、完成住院醫師實習、退休搬到佛羅里達州，它大概都還能吃，但我還是不想吃，連看都不想看。我把三明治塞回紙袋，丟進垃圾桶。

我拿出手機，再試試看有沒有訊號。有一瞬間，出現一格訊號。但隨後又消失了。

我想我可以用這裡的室內電話打給蓋比。不過現在很晚了，而且我好像沒打過電話給她。我們當了兩年的室友，又是彼此最好的朋友，但好像從來沒有講過電話。我們只傳訊息。況且，如果她看到是醫院打來的，一定會直接轉語音信箱。

我有點希望卡麥隆在這裡。不曉得他跑去哪裡了。他放在冰箱的晚餐已經消失，所以應該是訪問完蜘蛛丹之後回來吃掉的，但我從那時候就沒見到他了。他大概在訪問另一個病人。我知道他想讓貝克醫生覺得他很優秀，因為他想讓所有人都覺得他很優秀。

我把晚餐扔進垃圾桶後，決定實現我對雷夢娜說過的話去見見第二個病人。畢竟我有的是時間。所以我回到護理站找其他病歷。

這次我發現索耶的病歷不見了。真可惜，我非常好奇到底是什麼原因讓他來到這裡。如果能看看他的病歷，確定他不是殺人魔，我會比較安心。當然，病歷裡的內容也不一定會讓人安心，所以不看也罷。

潔德的病歷仍在架子上。她以為我會沒經過她同意就偷看她的病歷，但我會讓她知道我不是這種人。潔德是什麼原因被送來精神病房的，那是她的事。我轉而拿了912號房的病歷。

瑪麗．康明斯。

今晚過得太刺激了，去跟一個坐在椅子上織圍巾的老太太聊天，應該能轉換一下心情。瑪麗沒什麼可怕的。

我翻閱瑪麗的病歷，想知道她究竟是怎麼來到D病房的。我得知瑪麗七十八歲，有一天她在後院，聽到隔壁鄰居的孩子在盪鞦韆。她覺得那個聲音非常刺耳，於是走到隔壁房子，把孩子從鞦韆上推下去，並且不讓任何人靠近鞦韆。最後是警方把瑪麗強行帶走。

平心而論，鞦韆有時候真的很吵，尤其是吱吱嘎嘎響個不停的時候。我不能完全怪她。

我必須經過一號隔離病房才能到達瑪麗的房間。謝天謝地，裡頭沒有傳來撞擊聲。房內的男人已經安靜下來，至少目前是這樣。我站在那裡，看著那扇金屬門，門的中央向外凹陷，就像遭人撞擊過一樣。門邊的鍵盤發出綠光。

「出……去……」

聲音像房裡傳來的嘶嘶聲。我不太清楚他在說什麼，聽起來彷彿有人嘴裡含著一堆彈珠在說話。

「讓……我……出……去……」

這顯然是戴蒙・索耶想要的。我知道門的密碼，如果我要的話，我可以輸入密碼。我可以讓他出去。

「讓……我……出……去……」一陣漫長的停頓。「拜託……」

我搖搖頭，退後一步。想都別想。雖然我不知道索耶做了什麼才被關進那個房間，但我知道他要是出來會做什麼。

我匆匆走向912號房——瑪麗・康明斯的房間。我越走越近，又聽見那個熟悉的聲音。喀、喀、喀。雖然很晚了，她仍努力織著圍巾。她對我微笑，我注意到她的牙齒好黃，而且前面有三顆都蛀掉了。

我低頭看她正在使用的棒針。我不太清楚兒童安全棒針長什麼樣子，但那些看起來像貨真價實的鋼製棒針，用來戳瞎別人的眼睛感覺輕而易舉。

「喔，親愛的你好啊。」她眨眨她那雙水汪汪的褐色眼睛，看起來就像有一層薄膜覆蓋在上面。「你叫妮可，對嗎？」

我記得妮可是架上其中一個病歷的名字。妮可想必是瑪麗在這裡認識的病人。我不是很高興她把我誤認為病人。

「可惜貝克醫生昨天不讓你離開，妮可。」瑪麗說。「你一定很沮喪。」

「不。」我糾正她。「我叫艾咪。我是一名醫學生。」

「喔！」瑪麗放下棒針，雙手一拍。「喔，真厲害！一名醫生——你父母一定很驕傲！」

我在她旁邊的床上坐下，蹺起二郎腿。「嗯，是啊。」

她把頭歪過一邊嘆氣。「真替你高興。你有相好嗎？」

我經常被問到這個問題，但從來沒有以這種方式問過。「我沒有。」

「喔，太可惜了！」她嘖了一聲。「像你這麼漂亮的女孩？應該一堆人追才對。」

「呃，謝謝。」

「我知道了！」她眼睛一亮，身體向前傾，讓我可以看到她嘴邊像是牙膏的東西。「你應該跟那個貝克醫生約會。他人超好的，又帥又有氣質！」

「呃。」我說。繼威爾．舒菲爾德（還有蜘蛛丹）之後，理查．貝克是這裡我最不應該亂來的對象。跟主治醫師有一腿絕對是會被鄙視的，就算他們有性感的酒窩也一樣。

「當然了。」她加上一句。「你不能跟他說你對他有意思。這樣看起來太飢渴了。不過你可以跟他調情，也許上點妝，穿件露胸的漂亮洋裝。如果你穿對鞋子的話——」

「康明斯太太。」我打斷她。「我其實是想問關於你的事。」

她抓住胸口。「我的事？喔，我很無聊。我的人生早就結束了。」

「怎麼這麼說呢？」

「別的不說，我都快八十歲了！」

「可是現在人的壽命越來越長了。」瑪麗需要一點鼓勵，這我很擅長。「大家都說八十歲是新的七十歲！你絕對可以活到一百歲。」

「偷偷告訴你……」瑪麗壓低音量。「我搞不好撐不過今天晚上。」

她的語氣讓我背脊發涼。「你為什麼這麼說？」

「喔，我不知道。」她對我微笑。「就是一種感覺，覺得我的時間可能差不多了。」

我不確定她是在說瘋話，還是她真的有預感。我清清喉嚨。「你不想為了家人活久一點嗎？」

「我老公十年前就過世了。」她繼續織起毛線，棒針再次發出聲響。喀、喀、喀。「我和哈維沒有孩子。我只剩一個妹妹，而她是個母老虎。」

「哈維是怎麼死的？」我問。

「為什麼這麼問？」她瞇起雙眼。「你覺得是我殺了他嗎？」

起初，我以為她在開玩笑，但她講話的語氣感覺不是開玩笑。「當然沒有。」我說。

「因為他不是我殺的。」她皺眉。「人會從樓梯摔下去的，你知道吧。這種事常常發生！」

「我相信……」

「而且我愛他。」她從腿上的毛線球拉出一些毛線。「雖然他以前有別的女人，我還是愛他。我不會殺他的。」

好吧，現在我開始覺得絕對是瑪麗殺了她的老公。

「總之，」瑪麗說。「如今哈維不在了，也沒什麼事好做。我大部分時間都在整理我的花園。那是我唯一的嗜好。」

「還有織毛線。」我加上一句。

她放聲大笑。「不，我對織毛線沒興趣。」

她手上織的圍巾已經拖到房間另一頭了。自從我踏進這間病房，她就沒停過。「我以為你喜歡織毛線。你織了好多。」

她再次大笑。「我織毛線不是因為喜歡。我是為了自保。」

我搖搖頭。「什麼意思？」

她低頭看手上的兩根棒針。「精神病房不能帶武器，但萬一我需要自保，相信這兩根棒針能發揮很大的功效，你不覺得嗎？」

我低頭看她那雙皺巴巴的手中，各拿著一根閃亮亮的鋼製棒針。她說得對。必要時，它們真的可以當武器。

不曉得我該不該警告貝克醫生她有這種想法。

瑪麗把手伸進椅子旁邊的手提包，在裡頭撈了一會兒，又拿出一根棒針。她把棒針遞給我。

「來。」她說。「你會需要這個。」

我驚訝得張大嘴巴。「我真的不覺得——」

「拿去吧，艾咪。」她拿著棒針的手微微顫抖著。「等戴蒙・索耶來找你的時候，你就會想要了。」

戴蒙・索耶。又一個病人提起他，信誓旦旦地說今晚他會來傷害我們。我恨不得我能充耳不聞，我大概也應該這樣。但一直聽到同樣的話，真的很難不放在心上。

「戴蒙．索耶關在隔離病房裡。」我告訴她。

「是。」瑪麗水汪汪的眼睛彷彿要把我看穿。「暫時是這樣。」

「瑪麗，我……」

「把棒針收下吧。拜託了，艾咪。我不希望你出事。」

我本來準備搖頭，反之，我卻拿走瑪麗手中的棒針。她看著我把棒針塞進手術褲的大口袋裡。多一點保護總是有好沒壞吧。

21

距離天亮還有：八小時。

接下來的一個小時，我繼續跟瑪麗聊天，多了解一些有關她的生活。她替一個提莫曼先生做了三十年的秘書。提莫曼先生每天早上準時九點半都要喝一杯咖啡，而且他的咖啡裡要加一匙糖和一匙奶精，只能攪拌一次，不能多攪。我對提莫曼先生喝咖啡的習慣了解超多的。

「唉呀。」瑪麗終於開口說，聲音啞啞的。「我講太多了吧？」

「我喜歡聽人說話。」

「你是非常好的傾聽者。」她告訴我。「你很棒。你會成為一位優秀的醫生，艾咪。」

我臉一紅。「謝謝你。」

「另外，」她加上一句。「請你轉告貝克醫生我絕對不會傷害那個小女孩嗎？我只是想讓她離開鞦韆，嘎吱聲才會停止。你也知道鞦韆有時候多吵，對吧？」

「我懂。我向來很討厭鞦韆。」

她看起來鬆了口氣。「謝謝你，艾咪。我只想回家。告訴貝克醫生我準備好要回家了，好嗎？」

「我會的。」我向她承諾道，說得好像主治醫師會聽我的話似的。

她暫時閉上雙眼，瞬間看起來好蒼老，說有一百歲也不為過。「我真的怕我可能撐不過今晚。」

「你為什麼有這種感覺呢？」

瑪麗張嘴彷彿要回答，但後來又改變主意搖了搖頭。「我累得不想再說話了。你該走了。」

她確實看起來很累，時間也晚了。我明天再跟她聊。「好吧，既然你這麼說。」

我起身準備離開房間時，瑪麗伸出她那瘦弱的手指，抓住我的手臂。「好好保管我給你的那根棒針，艾咪。你會用得到的。」

今晚最好別讓我不得不以棒針捅人收場。

我走出瑪麗的房間時，差點撞上克林．伊斯威特。他拖著腳走在走廊上，一隻手仍拿著裝滿蘇打餅乾的紙袋，另一隻手拎著他的睡褲。他的嘴角有一些白色唾液。

「沒人拿走我的餅乾！」他大聲控訴道。「餅乾還在我手上呢！」

「我很抱歉。」我說。

「我有糖尿病。」他提醒我。「這些餅乾會害死我。他們為什麼要給我這些餅乾？」

「我不知道。不過……我很樂意替你收下。」

克林嘟囔著，聽不清楚說了什麼，他好像要給我那袋蘇打餅乾，但突然被912號房搞得分心了。他抓抓下巴的灰白鬍碴。

「等等。」他說。

克林拖著腳走進瑪麗的房間。我不確定他能不能進去，但他看起來安全無害，瑪麗也沒有不高興的樣子。她見到他時，仰起頭微笑。

他從袋子裡拿出一包餅乾。「這個給你，美女。」

瑪麗收過那包蘇打餅乾。「喔，你人真好！」

克林對她拋媚眼，兩人對著彼此咧嘴一笑。他們實在太可愛，我快受不了。我留給他們一點私人空間。

出來後，我發現很多病房的燈都已經熄滅，才注意到時間已經那麼晚了。許多房門都已經關上，看樣子大家都睡了。卡麥隆八成在員工休息室的沙發上睡得很熟。也許我可以把他趕走，雖然說實話我還沒那麼累。

於是，我回到護理站。雖然沒必要，但或許我可以寫一份關於瑪麗．康明斯的筆記。至少明早卡麥隆交出蜘蛛丹的長篇大作時，我還有東西可以給貝克醫生。

雷夢娜坐在護理站裡翻閱同一本雜誌。這次，她看的那一頁是關於如何為愛情生活增添情趣的建議。她見到我，抬頭微笑。「你看起來很累。」她說。

我是很累，但我也知道我睡不著。「值夜班有點不習慣。」

「喔，對喔。」她咯咯笑了。「你才剛開始進入大三實習階段，還不習慣這種作息。」

「確實。」不幸的是，接下來只會越來越困難。精神科是今年最輕鬆的實習。我超怕外科實習的——我沒有卡麥隆的體力。「我會努力的。」

「別擔心。」她說。「這裡晚上通常滿安靜的，除非瑪麗・康明斯又開始發作。」

我想起瑪麗和她的棒針，下意識摸向褲子口袋裡的棒針。大小塞進去剛剛好。

「你像這樣值大夜班很久了嗎？」我問她。

「喔，很久了。」她咧嘴一笑。「這樣白天可以自由安排其他事情什麼的，滿好的。而且我沒有另一半會抱怨我總是在他醒著的時候睡覺。」

「這裡的病人常常鬧事嗎？」

她想都沒想就搖搖頭。「大部分都很好照顧。偶爾會遇到一些難搞的。」

「就像戴蒙・索耶？」

她的眼神微微黯淡。「沒錯，就像他。」說完，她往走廊看了一眼，也就是隔離病房的方向。「但那是個例外。我通常只是發發藥就沒事了。」她拿起雜誌。「然後我就能看整晚的書。」

我抬頭看架上的病歷。「好了，我不想吵你。我只想趕快記錄一下我今晚看過的病人。」

「不會啦。」雷蒙娜站起來，從架上拿了一份病歷，放到我前面。「你陪我正好。」

「謝謝。」我說。

我在一張旋轉椅坐下，把病歷拉過來。這時我才發現她從架上取下來的不是瑪麗的病歷。她在潔德的房間見過我，所以那才是她所拿的病歷。潔德的病歷就擺在我的面前。

病歷不厚，這在我的意料之中。我猜她應該才剛來不久。她大部分的紀錄大概都存在電腦裡，不過今晚系統在維修，所以我沒辦法存取。但最起碼她的急診室紀錄會在病歷裡。裡面會有她過去的精神病史和入院原因。

看一眼是多麼簡單。

我把手放在病歷上。抓著封面的塑膠皮，思索該不該打開。如果角色互換，潔德一定會毫不猶豫翻看我的病歷，而且不會有一絲內疚。

我就很快看一眼，一眼就好。

我打開病歷，還沒看到第一行字，頭頂的燈突然閃了一下，然後就熄滅了。

「搞什麼？」雷夢娜說。

一定是停電了。現在這裡黑得伸手不見五指。雷夢娜低聲咒罵著，我聽到椅子倒地的聲音。顯然她也看不清楚。

喔，我的天啊。如果停電了，這是不是代表門鎖也停止運作？包括隔離病房的門鎖在內？

「雷夢娜？」我大叫道。

「我在這裡。」我朝她聲音的方向轉過頭，但什麼也看不見。「別擔心。我不知道為什麼會停電，但這裡有發電機。應該沒問題。」

「雷夢娜。」我著急地說。「如果燈熄了，是不是表示門鎖也壞了？」

她沉默了很長一段時間，我開始擔心她是不是離開了。「我不知道。」她終於開口說。

喔，不。

幸好我還來不及過度恐慌，燈光就閃啊閃地重新亮起。我鬆了口氣，不用在一片漆黑中度過整晚了。但我還沒開心完，一個男的就跌跌撞撞地朝護理站走過來。是米高，但他不再穿著四件T恤。事實上，他根本沒穿衣服。

而且他渾身是血。

22

八年前

潔德見我連看都不肯看考卷一眼後，便氣沖沖離開了。我絕對不會作弊的。我寧願考不及格。不幸的是，我真的只能等著被當了。這次考試我鐵定過不了。

當然，我不確定考試是我目前最嚴重的問題。就算期中考不及格，如果爸媽幫我請個家教，我大概還是有機會補救。現在更棘手的是，我一直看到一個根本不存在的金髮小女孩。

我是怎麼回事？我發瘋了嗎？肯定是。正常人不會看見一個不存在的小女孩。

但我沒感覺自己瘋了。

我努力想跟家人好好吃頓晚餐，但這些思緒不斷在我腦中盤旋。我爸正在跟我弟崔佛聊他下週的棒球比賽。他們聊得很起勁，我不介意。我一直在撥弄我的食物，把盤子上的馬鈴薯泥堆成一座小山。我們坐了很久，但我只吃了三口左右。我沒胃口。

「艾咪。」媽媽用力看了我一眼。「可以請你不要再玩食物了嗎？你不是小孩子了。」

突然間，所有人的注意力都集中在我和我那盤沒吃完的食物上。不用說，崔佛五秒鐘就把晚餐掃光了。那小子根本是個大胃王，尤其進入青春期後更是誇張。

「我不餓。」我喃喃地說。

媽媽盯著我的臉，好像要把我從裡到外看穿一樣。「你不舒服嗎？」

「我沒有不舒服，我只是不餓。」

「別逼她，狄娜。」爸爸說。「她不想吃就別硬要她吃。」

「你在擔心明天的考試嗎？」媽媽問我。「我可以去找你老師談談——」

「我沒事。」我用叉子戳了一塊牛肉，但沒有要送到嘴邊的意思。我媽表現得彷彿我還是個五歲小孩，只要跟老師談談，就能解決我所有的問題。「我只是……」

媽媽揚起眉毛。「只是什麼？」

「呃……」我把叉子更用力戳向牛肉。「如果有人看到不存在的東西是怎樣？那代表什麼意思？」

媽媽突然睜大雙眼。「誰看到不存在的東西？你在說什麼？」

「沒事。」我低下頭。我在想什麼？我真不該提的。但這件事一直壓在我的心上。「我只是問問，這只是個假設性的問題。我們在……在課堂上討論到的。」

「是潔德嗎？」媽媽握住我的手腕。「潔德跟你說她看到東西嗎？」

我把她的手甩開。「沒有！才不是呢。」

「請跟我說實話，艾咪。」她滿臉愁容。「是潔德，對不對？」

「狄娜，別說了。」爸爸低聲說。

「一定是潔德！」媽媽大聲說。「她一直大有問題。而且你記得她媽媽患有那些——」

「狄娜。」爸爸嚴肅地說。

「寶貝。」媽媽看著我的雙眼。「如果潔德有問題，我們可以幫助她。有很多醫生和醫院……」

「潔德是瘋子也不是秘密了。」崔弗插嘴說。「全校每個人都知道。」

真的嗎？連高一新生都知道我最好的朋友是瘋子嗎？但她不是。我才是那個看見不存在東西的人。

這表示我才是那個瘋子——不是潔德。

我不能讓任何人知道。我不希望大家像談論潔德那樣談論我，或把我關在某個醫院裡。

「我真的得去念書了。」我急著起身，椅子在地板上發出刮擦聲。「我可以走了嗎？」

媽媽瞇眼看著我。我很怕她會說不行，說我不能走。我必須留下來，繼續跟她討論這回事。但最後，她點了點頭。「好吧，可是晚點我們得好好聊聊。」

「好啦。」我答應她，儘管我永遠不會把真相告訴媽媽。

23

現今

我無法停止尖叫。

米高一絲不掛站在走廊中央，全身沾滿鮮血。他怎麼了？戴蒙．索耶逃出來了嗎？他現在正拿著一把刀在走廊閒逛，準備殺掉我們每一個人嗎？

我把手伸向褲子裡的棒針。

「米高！」雷夢娜大聲說。「你從哪裡弄來那麼多果醬的？」

我愣了好幾秒才聽懂她的意思。米高身上沾的不是血。他沾上的其實是紅色果醬，全身都是。如今我的眼睛適應了光線，那紅色東西一目瞭然。

「對不起。」我對雷夢娜尷尬地咕噥道。「我以為那是血。」

她放聲大笑。「真的假的？那看起來一點都不像血。」

呃，她說的是沒錯，但也不必用那種語氣說。

過了一會兒，貝克醫生衝了進來。他一看到米高全身光溜溜的，急忙煞住腳步。他驚訝得張大嘴巴。「米高！」

「我父親說我今天可以回家。」米高說。

接下來的十五分鐘，貝克醫生和雷夢娜終於拼湊出事情的來龍去脈。原來是米高脫掉了他層層的T恤，然後對著插座尿尿，導致整層病房暫時停電。接著，他打開他的衣櫃，裡面堆滿了他這幾天來囤積的草莓果醬。然後他就玩瘋了。

現在我們得趕快幫米高穿上衣服。

「米高。」貝克醫生雙臂交叉胸前。「老天啊，拜託穿上衣服吧。這裡有女士在場。」

米高用力搖頭，全身肥肉都跟著晃動。我應該別開目光的——真的應該。

「好吧。」貝克醫生指向另一間隔離病房。「那我就必須請你進去那裡了。」

米高紋風不動。貝克醫生回頭看向站在護理站的我。「艾咪，卡麥隆在哪裡？」

在這種情況下，他寧願找卡麥隆而不是找我，我完全可以理解。如果他需要強行把米高送進那個房間，我根本幫不上忙。卡麥隆就不一樣了，他力氣大得很。不過，現在他卻不見人影，真的很奇怪。他跑去哪了？以卡麥隆的個性，我猜他應該是躲在某個地方讀書。

「聽著，米高。」貝克醫生說。「如果你進去那個房間，我就保證你明天可以回家。」

他在說謊。他很明顯在說謊。但米高不知怎地相信了。他走進隔離病房。接著，雷夢娜趁他反悔前，用力把門甩上。

米高立刻就意識到自己犯了錯。他用身體撞門，整扇門都震動起來，就像另一間隔離病房一樣。「嘿！」他大叫。「你們把我關起來了！」

貝克醫生面無表情地看著門。「就今晚，米高。我們明天早上再說。」

「不要！不要！」米高的聲音越來越激動。「救命啊！Ayudame（救救我）！」

「這是為了你好，米高。」貝克醫生說。

「你不能這樣！」他大叫道。「你不能把我關在這裡！我父親說不行。他會殺了我！」

「為什麼你父親要殺你，米高？」貝克醫生用冷靜的口吻問道。

「不是！不是我父親！」他大聲說。「是戴蒙・索耶！」

我們三人不約而同轉向一號隔離病房。停電後，我就沒聽到房裡傳來撞擊聲。但這不表示索耶已經不在房裡了。他肯定還在裡面，計畫如何逃脫。肯定是的。否則，他還能去哪裡？

我回頭一看——好幾個病人都從房裡出來看熱鬧。蜘蛛丹站在走廊上，伸出兩隻手腕，想射出蜘蛛絲，奇蹟似地拯救這一天。潔德站在門邊，嘴角掛著一絲淺笑。威廉也從房間走出來，右手仍拿著一本書。他湊到潔德耳邊，對她說了幾句。潔德笑得更燦爛了，對他點點頭。

好奇他說了什麼。

瑪麗也從她的房間走出來。她把她的巨大圍巾留在房間裡，但我注意到她的右手拿著一根棒針。我們四目相交，她給我一個心照不宣的眼神。

「戴蒙・索耶！」米高大叫著說。「他會殺了我！他會殺掉我們所有人！你得讓我出去！」

「米高。」貝克醫生異常冷靜——我很佩服。但我相信他對這種病人應該有非常多的經驗。

「索耶先生現在被綁住了。他不會傷害任何人。我向你保證。」

貝克醫生又多花幾分鐘的時間試圖安撫米高，但米高持續尖叫，叫得嗓子都啞了。約莫二十分鐘過後，貝克醫生搖了搖頭，宣告放棄。

「他最後會睡的。」他說。「希望到時候他會穿上衣服。」

雷夢娜大笑，但我只是站在原地。剛剛的整件事讓我震驚不已。貝克醫生注意到我的表情，一手放上我的肩膀。「他會沒事的，艾咪。」他說。「別擔心。」

這個人怎麼可能會沒事？他以為他父親是上帝。他一下子全身赤裸，一下子又穿一堆衣服。他還把草莓果醬塗滿全身。我敢說，他的未來堪憂。

「艾咪，去睡一下吧。」貝克醫生說。「找間空的病房躺一下。看樣子你同學已經這麼做了。」

對了。剛剛那陣騷動中，卡麥隆一直沒出現。雖然不太可能，但就算他真的在睡覺，以我對卡麥隆的認識，很難想像那些尖叫聲沒把他吵醒。我記得卡麥隆是很淺眠的人。

所以他到底在哪裡？

24

距離天亮還有：七小時。

等D病房安靜下來後，我繞著病房走了一圈，尋找卡麥隆。

我第一個前往的地方是員工休息室。那裡顯然最有可能找到他。我的目光從舊沙發，看向有鐵條的窗戶，再到門後佈滿蜘蛛網的髒亂角落。但他不在這裡。

我的下一站是員工廁所。廁所門是關著的，我敲了敲門——沒有回應。我伸向門把，手一轉就開了。往裡看，卻是空無一人。

接著，我開始逐一查看每間病房。

我率先查看蜘蛛丹的房間。他的房門是開的，廁所門也是開的。他站在馬桶前，雙手手腕朝著牆壁，試著要尿出／射出蜘蛛絲。但總之，卡麥隆不在這裡。

下一間病房開著一條門縫，有個男的坐在床上。我瞇眼往裡一看，發現他一直在舔自己的手臂。畫面非常詭異——就像貓在梳理自己。我連忙往前走。

下一間病房裡有名女病患。她見我站在門口，急忙起身。她頂著一頭黑色亂髮，戴著一副超大的眼鏡，看起來活像隻貓頭鷹。

「我要回家了嗎？」她問我。

「喔。」我說。「呃，沒有。我是說，我不知道。」

「我要回家。」她試圖用手梳理她的一頭亂髮。「我兒子在家。我要看我兒子。」

「我……我很抱歉……我不——」

「我要看我兒子！」

我能看見這女人眼中的痛苦，但我能怎麼辦呢？我連她是誰都不知道。

「我會想想辦法。」我含糊地說。雖然我在說謊。

女人瞪了我一眼，因為她很肯定我才不會去想辦法。她走回房間，把門用力一甩，整個門框都在震動。

我應該跟貝克醫生說我找不到卡麥隆，但如果我這樣出賣他，說他偷溜出去——如果真的是這樣的話——他一定會發飆。

卡麥隆的脾氣其實不太好，但不是每個人都知道。他藏得很好。而且老實說，他也沒那麼常發脾氣。但他總是表現得像個好好先生，跟朋友在一起的時候，要維持這個形象還算簡單，但要對女友假裝就比較困難了。

我第一次目睹卡麥隆發脾氣，是他得知他沒拿到西岸那個為期一年、享譽盛名的研究獎學金的時候。骨科的競爭非常激烈，根據卡麥隆的說法，你必須做研究才能順利申請到住院醫師的名額。他和我們班上好幾個同學都申請了那個獎學金，如果申請上了，他大二升大三的那個暑假就會前往加州灣區，而他認為自己一定會上。他收到電子郵件的時候，我們正一起坐在他房間床上閒聊。他的左臂原本摟著我的肩膀，結果一下子抽回去。

搞什麼？卡麥隆方正的臉微微漲紅。他們沒有選我？真的假的？

我想越過他的肩膀，偷瞄那封電子郵件，但他早已丟到床邊。接著，他突然跳起來。

我簡直不敢相信！他怒吼著說。他們怎麼可以這樣搞我？

沒那麼嚴重吧？我說。不過是一份獎學金罷了。還有很多研究機會啊。

可是這個是最好的。他開始在小房間來回踱步。我竟然沒拿到。我在班上成績最好耶。又不是說申請獎學金的人是你。

看他那麼生氣，我就不跟他計較了。你不能讓這種事影響你，以後還有別的機會。

他們竟然選了大衛．托賓！他的聲音越來越大，臉也氣得發紫。他們怎麼會選那個王八蛋？他們他媽的有什麼毛病啊？有沒有搞錯？

卡麥隆現在幾乎是用吼的，但直到他一拳捶向房間的牆壁，我才知道他真的氣壞了。

他的拳頭打碎石膏，牆壁出現一個拳頭大的凹洞。他痛得大叫，抽回手，我則連忙跳下床。有一刻，我不確定自己應該逃跑，還是應該看看他是否安好。只見他的臉色恢復正常，也不再大吼大叫了。他只是輕輕捧著自己的手。

最後是我開車送他到急診室照X光，幸好手沒骨折。凌晨兩點，我載著右手打著夾板的他回家，他低頭對我說：對不起，艾咪。我剛剛反應太大了。

起碼他對整件事感到丟臉，而且他確實道歉了。但那並非我第一次看見他閃現那腔怒火。大多時候，卡麥隆都能想辦法把脾氣藏起來，但脾氣確實存在。潛伏在表面之下，等著爆發。所以我最不想做的，就是惹他生氣。

「在找你的好夥伴？」

見到潔德站在下一間病房的門口，我完全不訝異。905號房。她仍穿著粉紅色的背心和運動褲，裡頭仍然沒穿內衣。她看我找不到卡麥隆，很樂的樣子。

「他肯定在什麼地方。」我嘀咕地說。

「也許他學乖了。」她說。「也許他趁壞事發生前，趕快先閃人了。」

我猛地抬頭。「你在說什麼？」

她聳聳肩。「我也不知道，總覺得今晚怪怪的。感覺要出事了。你不覺得嗎？」有嗎？

「我猜你需要在精神科病房多待一陣子，才能體會這種感覺。」潔德說。

「嗯。」我低聲說。

她的藍眼睛上下打量我，看得我渾身不自在。她對我的認識之深，是那種只有從幼兒園起就是你最好朋友的人才有的。「真不敢相信你最後居然沒去看心理醫生。」

「沒必要。」

「真的嗎？」她的眉毛挑到髮際線那麼高。「你真的要面不改色地跟我說這種話嗎？」

我對她的話保持沉默。

「你知道嗎？」她說。「這種事不會自然而然消失。一旦你看過或聽過不存在的東西，那些景象和聲音就永遠不會消失。」

「我不知道你在說什麼。」我繃著臉說。「不好意思，我得去找卡麥隆了。」

我離開時能感覺到她在盯著我。天啊，真希望她今晚不在這裡。她知道太多我的事了。萬一她跟卡麥隆或貝克醫生說的話……

沒關係，反正他們也不會相信她。

我繼續往下走，最後來到走廊盡頭，兩間隔離病房的所在之處。米高仍然沒有完全安靜下來——他在房裡大聲唱著走音版的〈我愛撫我自己〉。至少他不再大聲吵著戴蒙．索耶要殺了我們。

說到戴蒙．索耶，他整個人鴉雀無聲。事實上，這是我第一次經過他的病房沒有聽見任何聲響。他不再求我放他出來，也不再用身體撞門。

不過鍵盤仍閃著綠光。他仍被關在裡面。

對吧？

25

八年前

接近午夜時，有人輕敲我的房間窗戶。

不用說，我還醒著。我還在念書，拚了命想把三角函數這科勉強混及格。雖然是沒救了，但好歹我知道自己努力過。

聽見敲窗的聲音時，我沒有理會。半夜怎麼可能有人敲我二樓的窗戶，這肯定是幻聽。但後來又聽到更大聲的敲擊，我才轉頭看。

天啊，是潔德。潔德在我的窗邊做什麼？

我把三角函數課本丟開，衝到窗邊。潔德從我們家的車庫搬了一把梯子，倚在屋子側面，現在正站在梯子頂端，鼻子貼著窗玻璃。她對我微笑。

我打開窗戶。「潔德，你怎麼……？」

潔德右手拿著一疊紙揮舞著。「我幫你把題目都解完了。你只需要把解題方法背下來就行了。不用謝。」

我驚訝得張著嘴。「我跟你說過了，我不能……」

「拜託，艾咪。」她搖搖頭。「你真的是，很煩耶。反正三角函數那麼蠢——為什麼不能直接拿答案？誰會管你是不是真的懂這些東西？我讓你輕鬆拿A耶！你總是這麼拚命，偶爾接受別人的幫助是會怎樣？」

我雙手在胸前交叉。「我不會作弊的，潔德。我不幹。」

「你寧願被當？」

「對！我寧願被當！」

「那你就是個白痴。」潔德把手中的考卷丟進我房間。「拿去，以免你決定不再當個白痴。」說完，她便爬下梯子。我看著她一路回到後院，衝到街上，最後轉過街角消失。我們的社區不算太危險，但大半夜的，她這樣獨自外出恐怕不是很好。我媽絕對不會讓我這個時間一個人跑出去。但潔德的媽媽……她感覺不太在乎她女兒在幹嘛。

我轉身離開窗戶。考卷就躺在我房間地板上，潔德如蜘蛛般修長的字跡把答案填得滿滿的。直接拿起考卷背答案是多麼容易？到了明天，我只要照抄就行了。潔德數學很強，我相信她一定都寫對了。

但我不能這麼做。

我撿起地上的考卷，直接扔進垃圾桶。就這樣，搞定。

「如果不看那張考卷，你一定會被當的。」

我立馬抬頭，但不用看就知道是誰的聲音。是那個小女孩。那個頂著一頭捲髮、穿著那件不實用的粉紅色洋裝的小女孩。她像之前一樣，站在房間角落，藍眼睛像雷射一樣盯著我。她抬起她的鵝蛋臉看著我。

「看一眼就好。」她說。「沒有人會受傷。」

我用藍色牛仔褲的褲腿擦拭雙手，在大腿處留下兩片汗漬。「你不是真的。」我說。

她對我微笑。「如果我不是真的，這代表什麼意思呢？」代表我快發瘋了。

我用力閉緊雙眼，在腦中數到十，深吸一口氣，然後再次睜開。

小女孩不見了。

但我完全沒有鬆口氣的感覺。雖然她暫時不見了，但光是今天，我就看見她兩次。她一定會再回來的。我一定有什麼很嚴重的問題。

我該怎麼辦？

26 現今

距離天亮還有：六小時。

卡麥隆一定是離開了。

這是唯一可能的解釋。因為我已經找遍所有地方，但他都不在。也許他受夠手機一直收不到訊號，決定在最糟糕的時機點跑出去透透氣。我不怪他——我也很想幹一樣的事，但我就是個死腦筋的乖乖牌。我這輩子只有一次不守規矩，做了一件不道德的事，我為此付出慘痛的代價。

我可以離開病房看看他是不是在外面。或者，我可以偷偷溜出去，讓手機終於能收到一些訊號。我知道密碼。要離開輕而易舉。但照規定，我不應該這麼做。而且要是門一開，一個病人突然從我身後出現，推門跑出去怎麼辦？我該怎麼解釋？

所以，我決定還是別出去找卡麥隆了。我相信他遲早會回來的。他不會冒險拿低分的，即便是精神科也不例外。畢竟，那會毀了他當外科醫生的夢想。

與此同時，我聽從貝克醫生的建議，想辦法睡一下。但我絕對不可能去病房睡。員工休息室的沙發雖然又舊又髒，還有彈簧露出來，但在那邊睡，絕對比我在其他地方睡得好。

睡覺前，我從口袋拿出手機，帶到窗邊。我把手機貼到窗戶上，感覺手指冰涼涼的。我瞇起眼看著螢幕，等待訊號出現。如果真的收到訊號，我要做的第一件事就是打給卡麥隆，叫他給我滾回來。

拜託。一格訊號也好，拜託。

但沒有，什麼也沒有。

我放棄了。現在已經凌晨一點——我得去補點眠。

只是我才躺下熄燈，就知道我一定睡不著了。我盯著天花板，腦袋轉個不停。我試著回想瞌睡醫生教病人如何在夜裡入睡的訣竅。大多數的方法都是我現在無法控制的，像是避免午睡、杜絕咖啡因，以及養成規律的睡眠時間。但他一直都教病人一招，就是他們躺在床上時，可以試試看四七八呼吸法。

現在我只需要想起來那到底怎麼做。

喔，我想起來了。先把舌頭頂住上排門牙，把氣完全吐掉，然後用鼻子吸氣，心裡數到四，數到第七秒時憋氣，第八秒時吐氣。這樣重複三次。據說做這個動作時，應該發出某種怪聲，但我懶得管那麼多了。

開始……

吸氣四秒。第七秒憋氣。第八秒吐氣。

吸氣四秒。第七秒憋氣。第八秒吐氣。

吸氣四秒。第七秒憋氣。第八秒吐氣。

沒用，完全沒用。我真正需要的是安眠藥。早知道離開診所前，就叫「睡睡醫生」開處方箋給我了。總之，我短期內是不可能睡著了。

卡麥隆到底在哪裡？我可以想像他暫時消失，但我這才發現，自從我們一起在病人休息室採訪蜘蛛丹後，我就再也沒見過他。那已經是好幾個鐘頭前的事了。他不是會這樣搞失蹤的人。卡麥隆雖然沒有我那麼守規矩，但沒有人比他更在乎實習成績。

不管你對卡麥隆有什麼意見，但說到對醫學的熱情，沒人比得上他。他真的對於成為一名「骨科醫師」感到興奮。他想做創傷手術。他喜歡把出車禍受重傷的人，重新拼回去的那種感覺。

這也太變態了吧。他第一次告訴我的時候，我評論道。

哪裡變態？他真心覺得困惑。總得有人去做。你難道不想救人嗎？

我確實想救人，但不是以這種方式。我小時候玩芭比娃娃，娃娃總是會「受傷」，而我會幫她們包紮。潔德以前經常抱怨她已經玩膩了用芭比玩醫生遊戲。所以我理解卡麥隆說那句話的意思。

但我想救人，不一定要把他們切開。我可以把那種血淋淋的工作留給卡麥隆他們。

對著天花板看了將近一小時，我知道我是不可能睡著了。我決定繞病房散個步，希望能消除一些焦慮感。

我經過兩間隔離病房。第一間仍然異常安靜。剛剛這邊吵鬧不休，還有聲音求我放他們出去，現在卻如此安靜，讓我惴惴不安。我把耳朵貼在門上聽。但是什麼也聽不見。一點聲音也沒有。

從停電後就一點聲音都沒有了。

「索耶先生？」我輕聲說。「你還好嗎？」

沒有回應。

「戴蒙？」我說。

一樣，沒有回應。

我相信他一定是睡著了。一定是的。

走廊的燈在晚上十點調暗，變成有點氣氛的照明，所以那個綠色鍵盤看起來更亮了。我可以輸入密碼，確認索耶在裡面的狀況，或確認他還在不在。這麼做很容易。然後我就可以放心了。

現在時間已經很晚了，病房很安靜，我站在那裡，卻聽見越來越明顯的腳步聲。我看向遠處，想知道是誰朝我走來。一個影子從轉角出現，但我還沒看清楚是誰，影子又消失了。

「哈囉？」我叫道。

走廊盡頭傳來回音，聽起來就像一個男人在自顧自地輕笑。

我還來不及去查看，就被二號隔離病房傳來的聲音分散注意力。戴蒙・索耶是安靜了，但米高可沒有。他仍在房裡自嗨唱歌。這次高聲唱的，是小甜甜布蘭妮的歌。他顯然希望我再次與他撞出火花。說真的，他的歌聲還不錯。

漆黑的走廊兩側全是病房。906號房的燈亮著——威爾．舒菲爾德還醒著，大概在看書。我還是覺得他有點神秘。以一個精神科的病人來說，他看起來實在太正常了，就像我在別處遇到可能會變成朋友的那種人。

而且就像潔德說的，他是我的菜。可愛，愛看書，瘦瘦高高的，有內涵。我也喜歡他的笑容，雖然我只看過一次。如果我在其他地方遇到他，他露出那種靦腆的笑容約我出去，我一定會把電話號碼給他。

當然了，我不會知道他一直聽見有聲音叫他去殺人。所以我算是逃過一劫。

我突然想到，我可以跟威爾借幾本約翰．厄文的小說來看。看艾文的書會讓人覺得很安心，說不定還可以幫助我入睡。他應該會願意借我一本，我明天早上再還他就好。

威爾的房門微微敞開，我輕輕敲了敲，但沒有聽到回應，於是把門再推開一些。房間是空的，但他浴室的門是關著的，裡面亮著燈。他大概很快就會出來。

他的床頭櫃上仍放著那疊約翰．厄文的書。《一路上有你》在最上面，因為他正在看那一本。既然他正在看，我當然不會借那本了。我把那本書從書堆裡拿開，拿起第二本。《蓋普眼中的世界》。也是我的愛書之一。借這本就很好了。

我拿起《蓋普眼中的世界》開始翻閱。但才翻開第一頁，我的心跳瞬間暫停。書被挖空了。

有人把這本書的中間挖了一個大洞，弄出一個可以藏東西的地方。就像現在，裡面塞了一大堆五顏六色的藥丸。我認出這些藥丸看起來跟雷夢娜一直在發的藥丸很像。

這個挖空的書中藏了十幾顆小藥丸。這些是威爾應該要吃的藥，用來壓抑他腦中叫他殺人的聲音。他口口聲聲說吃了藥後，聲音就停止了。現在看來，他根本沒吃。

就在這時，浴室裡傳來沖馬桶的聲音，水龍頭也打開了。他快好了。他隨時會出來。

27

我的天啊。

威爾馬上就要出來了。他會發現我翻他的書，還發現他的秘密。他已經有妄想型精神分裂症，如今我又知道他沒按時服藥。要是他發現我知道真相，他會做出什麼事？

我連忙把書闔上，塞回書堆裡。接著把《一路上有你》放回最上面。我才剛把書勉強擺好，威廉就從浴室走了出來。

威爾見到我，眨了眨眼，彷彿不確定我是不是他想像出來的幻覺。這也合理，畢竟他來到這裡後一直偷藏藥。

「艾咪？」他終於開口。

「抱歉。」我連忙說。「我想說小睡一下，結果一直睡不著，就想說能不能跟你借一本約翰·厄文的書晚上看看。你不想借的話，我也可以理解。」

威爾調整鼻梁上的眼鏡。「呃，當然沒問題，你想借哪一本？」

我很想跟他借《蓋普眼中的世界》，看看他會怎麼說。但這麼做實在太冒險。而且我意識到，現在只有我們兩個人在他的房間裡，而他的精神狀態不穩定。「嗯……《心塵往事》？」

「沒問題。」

他走到那堆書前。翻找的時候，他在《蓋普眼中的世界》那本書上停了一下。他瞇起眼睛，看我一眼，我緊張得不敢呼吸。他張嘴，我心想他一定是打算問我是不是翻了他的書……但他沒有。他直接跳過那本，從書堆裡抽出一本平裝書。

「來。」他說。「拿去看吧。」

「謝謝。」我從他手中接過書，手指輕輕掃過他的手。「真的很感謝。」

既然已經拿到書，我知道我該離開了。繼續待在這個房間不會有好事。但我又想，我是不是能幫助這個人。也許我可以讓他承認他做了什麼事，然後讓他知道，他想要好起來，唯一的方法就是吃藥。畢竟貝克醫生提過，大多數的精神分裂症患者甚至不知道自己有病。

「話說，剛剛米高發生的那場鬧劇真的很瘋狂，對吧？」我說。

威爾的表情仍然充滿戒備，但他點點頭。「是啊，連續兩個晚上那麼瘋狂了。每次他們把人關進隔離病房，都是一件大事。」

「嗯。」我附和道。我換一隻手拿著《心塵往事》。「那種事聽起來就是會讓人想盡辦法避開。」

「是啊。」

「我是說，」我說。「你不會想做出任何事情，讓他們覺得你應該被關進那種房間，對吧？」

他吸口氣，退後一步。「你為什麼覺得他們會想把我關進那裡？」

「不。」我趕緊解釋。「我不是那個意思。我只是覺得，在這裡不守規矩好像很容易惹上麻煩。」

「他對著插座尿尿。我不會做那種事的。」

「當然了。」我擠出微笑。「可是這裡還有其他重要的規矩。像是，你想好起來，對吧？」

他們說精神分裂症的其中一項負性症狀是不會做眼神交流，但威爾現在很認真地看著我。他看起來像在瞪我。

「我要睡了。」他語氣僵硬地說。

「真的嗎？」我示意角落的椅子。「因為如果你想聊聊的話，我現在很清醒。我很樂意——」

「我不想。」威爾唐突地說。

威爾對我而言有點難以理解。當然，我不是精神科醫師。但他看起來是個聰明的傢伙，喜歡我最愛的作家，而且鋼琴彈得非常好。如果我是他，聽到那些聲音……

嗯，舉這個例子可能不太恰當。

「好吧。」我說。「我不打擾你睡覺了。如果你睡不著，我知道一種很棒的呼吸技巧，叫做四七八呼吸法。你只要——」

「不用了，謝謝。」

我擠出微笑。「你確定嗎？因為——」

「我確定。」

威爾跟著我走到門口，我離開後，他立刻把門甩上。他可能不確定我是不是發現他的秘密，但他知道我對某些事起疑了。

當然，我一走出房間，就遇到一個大難題。威爾根本沒有按時吃藥。他之所以住院，完全是為了要好起來。貝克醫生非得知道這件事不可。我不想去打威爾的小報告，但這個秘密又不是他主動告訴我的。我是意外發現的。

我沿著弧形走廊朝主治醫師的辦公室走去，右手緊抓那本《心塵往事》。我走到辦公室附近時，突然想到現在可能太晚了，或許應該等到明早再說。但話說回來，這件事很重要，對吧？萬一晚上出什麼事怎麼辦？

慶幸的是，門底下的燈亮著。貝克醫生想必還醒著。

我輕輕敲門，希望如果他睡著了，我至少不會吵醒他。過了一會兒，我聽見門後傳來拖曳聲，以及一個好像撞到東西的聲音。「哪位？」貝克醫生叫道。

「是我，艾咪。」

又等了好一陣子，期間不斷傳來拖拖拉拉的聲音。然後再過一分鐘，門突然打開。貝克醫生穿著手術服站在門前，右邊頭髮稍微翹起。他穿白袍的時候我沒有注意到，但他在手術服的衣袖底下，有著相當結實的二頭肌。

「抱歉！」我說。「我吵醒你了嗎？」

「沒有……」他打個哈欠，揉揉眼睛。「好吧，有一點。我不小心恍神了。不過沒關係。反正我現在也醒了。」他用手指梳理他的亂髮。「怎麼啦？一切都還好嗎？」

「還好吧……」我回頭看一眼。「我只是想聊聊威爾．舒菲爾德。我發現他……」

貝克醫生認真地看著我。現在我倒猶豫了。如果我告訴他真相，對威爾不是好事。他們大概得強迫他吃藥，無論如何，場面一定不會太好看。但坦白說，這是為他好。他想好起來，對吧？你總不可能一輩子都聽到腦袋裡有人在說話吧。

「他一直把藥偷藏起來不吃。」我脫口說。「我在他房間的一本書裡找到了一大堆。」

「靠。」貝克醫生輕聲說。接著連忙加上一句。「抱歉，我累了。只是……呃。我不敢相信他一直在做這種事。」

我用力握緊威爾給我的那本書。「所以現在怎麼辦？」

「我們可能要改用肌肉注射的方式。」貝克醫生說。「我這禮拜不是值班的主治醫師，所以我明天早上會跟主要醫療團隊說。如果晚上發生任何狀況，我們就得打針了。我很高興你告訴我。」

「不會。」我說，雖然我還是覺得有點內疚。但我不應該有這種感覺。我是在幫助威爾。

「還有其他事嗎？」貝克醫生問我。

還有一件事。即便這樣出賣卡麥隆讓我覺得內疚，但我非得說點什麼——一直找不到他，我已經開始有點慌了。「我不知道卡麥隆跑去哪裡了。我想他可能離開病房了。」

「喔。」他回頭看向辦公室。「事實上，卡麥隆在我的答錄機上留了一條訊息。看樣子他家裡有急事，必須馬上離開。」

我猜這解開了卡麥隆到底發生什麼事以及我遍尋不著他的謎團。但怪的是他會用語音信箱告知。尤其是貝克醫生就在同一層樓，要找他很簡單。為什麼不直接跟貝克醫生說呢？另外，如果卡麥隆真有急事，他為什麼沒跟我說呢？我們又不是陌生人。「我知道了……」

「我是覺得滿奇怪的。」貝克醫生坦承。「我真希望他能直接跟我說。但他在電話裡聽起來很沮喪，都快哭出來了。他當時可能思緒不太清楚吧。」

卡麥隆快哭出來？這還真難想像。以前我們一起看悲情電影時，我總是哭得稀里嘩啦，而他都會像看瘋子一樣看著我。連跟我分手的時候，他看起來都不太難過。

「希望他沒事。」最後我說。

「你還好嗎？」他把一隻手放上我的肩頭。「你看起來今晚不太好過。我知道米高那樣有點嚇人。很抱歉讓你看到那種場面。」

他根本不知道我有多害怕，但我不打算向他坦白，就算他是精神科醫生也一樣──或者說，正因為他是精神科醫生才更不想說。我不想被他評斷。而且，跟我的夜班主管聊那種事也很不專業。我不想學校亂傳，說我……

「我沒事。」我說。「我只是累了。」

他同情地點點頭。「盡量睡一下，好嗎？」

我附和他，但現在這樣根本不可能睡著了。

我向貝克醫生道晚安，拖著腳步走回員工休息室，想說讓自己看書看到睡著。結果到了那邊，才發現我不是一個人。有人在休息室等我。

是潔德。

而她看起來超生氣的。

28

八年前

我不喜歡萊爾登老師。

他是我最討厭的老師。事實上，他是每個人都最討厭的老師。如果要全校學生選出他們最不喜歡的老師，他的名字一定會出現在每份名單上。（好吧，可能不是每個人。不是每個人都有被他教到，但你懂我的意思。）

首先，他很臭。他不是那種沒洗澡的臭，而是有一種奇怪的發霉起司味。潔德跟我說那是他午餐吃的東西，而我們下午的課剛好給他教。我很不幸坐在第二排，總是能聞到他身上散發出來的那個味道。

另外，他用來遮禿頭的髮型是我見過最糟糕的。他大概就剩十根頭髮，還硬要梳過他的禿頭。簡直讓人不忍直視。

但最扯的是他數學教得超爛。如果他可以把東西解釋得很清楚，我還能忍受他的臭味和禿頭。但他的聲音大概就只有兩種模式：單調無力和鬼吼鬼叫。單調無力是他在跟我們講解數學的時候。鬼吼鬼叫是因為班上沒人聽得懂他在講什麼而開始浮躁的時候，我們都快被他無聊到睡著了。但他的考試又是出了名的困難。

現在的他正在發考卷。他經過我旁邊時，我隱約聞到那股發霉的起司味，我差點忍不住要用手捏住鼻子。反之，我改用嘴巴呼吸。

他離開後，坐在我隔壁的潔德戳了我一下，扮了個好笑的表情。嗯，至少她沒有為昨晚的事生我的氣了。

萊爾登老師來到最後一個學生面前時，暫時停下腳步。他低頭看著手中的考卷，然後皺眉看了看全班。

「有人拿到兩張考卷嗎？」他問。

二十二名學生一起搖了搖頭。

他緊抿著唇。「我以為我有多一張，可是……」

他確實有多一張，現在那張考卷躺在我房間的垃圾桶裡。

潔德和我互看一眼。如果他知道那張多出來的考卷到底發生什麼事，我們就完蛋了。但只有我們兩個知道真相。

萊爾登老師終於把最後一張考卷發給學生，但始終一臉愁容。不過也無所謂了。那張多出來的考卷有可能發生任何事。他根本沒有頭緒。

他也永遠不會知道。

29 現今

「你還真是一點都沒變啊？」

潔德兩手交叉在胸前，口紅稍微有點花了，這讓她看起來隨時都在冷笑的模樣。不過老實說，她現在確實在冷笑看著我。

「怎麼了？」我把那本《心塵往事》扔到沙發上。「我做錯什麼了？」

「少裝無辜。我聽見你是怎麼出賣威爾的了。」

我驚訝地看著她。「你知道他沒有按時吃藥？」

潔德猶豫片刻。「沒有，我不知道。但如果他不想吃，那是他的權利。」

「潔德……」

「不，你休想教訓我。」她舉起手——她的指甲啃得光禿禿的，上面塗著剝落的深紫色指甲油。「你不知道服用抗精神病藥物是什麼感覺。你也不知道被藥物搞得渾渾噩噩是什麼滋味。還有那些副作用……首先，你有一半的時間感覺像個殭屍。然後是變胖……」

「潔德……」

「有些副作用甚至永遠不會消失。」她說。「上次我在醫院遇到一個女的，她吃的藥讓她嘴巴一直咂咂咂的停不下來。她每兩秒就咂一下她那該死的嘴唇。那個症狀是永久性的。她一輩子都會那樣。」

她仍交叉雙臂，死命瞪著我，彷彿那可憐的女人無法停止咂嘴是我的錯。

「我這麼做是為了幫助他。」我說。

「因為你總是覺得你比誰都厲害，對吧？」

我顫了一下。「我完全沒這麼想。」

潔德用腳輕敲地板。她穿著灰襪，沒穿鞋，右腳大拇趾那邊破了一個洞。「你想貝克醫生如果發現了你有幻覺這個小毛病，他會怎麼說？」

我用力嚥口水。「我沒有。你這是在說謊。」

「喔，拜託，艾咪。是我耶。」她的腳現在越敲越快，幾乎像在抽搐。「我們都知道你的情況有多糟。你只是不想像我和威爾那樣被藥物控制。」

「我跟你不一樣。」我嘶啞地說。「我絕對不會做出像你那樣的事。我沒——」

我趁最後一個字說出口前閉上嘴巴，但為時已晚。潔德已經知道我要說什麼。

「你沒瘋？」她衝著我說。「你想這麼說對不對？你就是這麼看我的對不對？我只是你以前高中那個瘋瘋癲癲的老朋友，就因為她太瘋了，瘋到把整個人生都搞砸。」

「潔德，拜託……」

「別想否認！」她用力跺腳。「我們還小的時候，你是我這世界上最好的朋友。我們答應對方這輩子都會是朋友，我們的孩子也會是朋友，我們孩子的孩子也會是朋友。結果鳥事一發生，你就裝作完全不認識我。你知道我第一次住院的時候有多孤單嗎？我有多害怕嗎？」

她這麼說不公平。我明明盡力想陪在她身邊，即使她做了那些事。她卻讓我難以接近。而她做的那件事……

「我很抱歉。」我說。「我應該再更努力的。我……我錯了。」

她站在房間中央，考慮著我的道歉。「不然等我出院後，我們可以找一天一起吃晚餐？」

「喔。」我說。

「你可以見見我的男朋友。」她說。「我們可以跟你和卡麥隆四個人一起出來玩。」

我硬擠出來的笑容感覺非常假。「我和卡麥隆早就沒在一起了，你忘啦？」

「喔，好吧，那就我們兩個人也行。」她揚起眉毛。「你說怎麼樣啊，艾咪？」

我猶豫的時間有點太久，潔德的臉沉了下來。「喔，我懂了。」她說。「當我沒說。」

「不，我想跟你吃飯。」我堅持道，儘管我完全是在說謊。我現在最不想要的，就是再次被潔德給纏上。「我只是最近很忙。我是說，念醫學院不是一件輕鬆的事……」

「當然，我怎麼會忘記呢？」

「也許幾個月後吧，等我沒那麼忙的時候。家庭醫學應該比較輕鬆。到時候我們就可以——」

「算了。」潔德厲聲說。「你不想跟我吃晚餐。你也再也不想跟我當朋友了。我聽得懂暗示，相信我。」

話一說完，她便奪門而出。我有點想跟過去看看，但最好還是算了。其實她講的也沒錯。我回想以前小時候和潔德在一起的時光，我們之間確實有很多很棒的回憶。但後來她變了。而且再也回不來了。

我不想和潔德吃晚餐。我不想跟她的男朋友見面。老實說，我一點也不想當她的朋友。我想盡可能地避開她。

更糟的是，我並不完全信任她。如果說我對潔德有什麼了解，那就是她會不擇手段得到她想要的東西。我必須保護自己。

為了我的自身安全，我得知道潔德到底有什麼能耐。

要知道答案的唯一辦法，就是去看她的病歷。

30

距離天亮還有：五小時。

嚴格來說，我沒做錯任何事。

潔德是我今晚的病人。確實，我們以前認識。但那是很久以前的事了。而且潔德又沒跟我說不能看她的病歷。她似乎認為我早就看過了。

護理站鴉雀無聲，就連雷夢娜都不知道跑去哪裡。當然，卡麥隆今晚已經不會回來。我無法想像他家裡到底是有什麼樣的急事。希望他爸媽平安無事。我見過他們一次，他爸光是上台階走到大門前就喘到不行。他看起來就像有心臟病。

我把前男友拋諸腦後，拿起架上標示著卡本特的病歷。我在其中一張凳子上坐下，對著病歷凝視好一會兒。就這樣了。一旦打開，我就正式越界。

但話又說回來，我以前就越界過了。

我翻到第一頁，急診室的紀錄映入眼簾。果然，她剛入院的紀錄有好幾頁。她跟威爾是同一天來的，但她診斷出來的病不一樣。診斷結果就寫在最上方，而且跟她十六歲的時候一樣：第一型躁鬱症。

我開始讀起潔德最近躁鬱症發作時的整件犯罪故事。看樣子這次她不是一個人。她和她男友決定在附近連搶好幾間銀行。她現在本來應該因為搶劫而進監獄，但他們兩人身上根本只有啤酒瓶，還像武器一樣指著那些可憐的銀行櫃員，離開銀行時，也沒搶到半毛錢。

這就是潔德發作時的典型模樣。聽起來，她這個男友也不是什麼好東西。幸好我沒答應跟他們一起出去。

我很快掃過潔德之前住院的簡要紀錄，看得我相當不舒服。她第一次入院時，我媽向我保證她會得到幫助，她的病會好轉。但她並沒有好轉。從我們十幾歲起，她每隔幾個月就得進出醫院。她從未成功控制住她的躁鬱症。

心理疾病真的很難醫治。

我在翻閱病歷時，護理站的轉角處傳來一個聲音，聽起來很噁心，像是有人乾嘔或快窒息的聲音。我這才意識到，我坐在這裡這麼久，周圍竟然如此安靜。自從他們把米高關進二號隔離病房後，他要不是在高唱流行歌，就是在大喊著關於戴蒙·索耶的事情。但如今歌聲停止了。事實上，兩間隔離病房一點聲音都沒有。

我把潔德的病歷往桌面一扔，來到走廊上，接著下意識地摸找瑪麗給我的棒針。摸到的時候，我安心許多。護理站可能有更好的武器，像是剪刀之類的，但如果我開始拿著一把剪刀在走廊上走來走去，一定看起來像個瘋子。雖然棒針也沒有好到哪裡去就是了。

我走在通往隔離病房的漆黑走廊上。我又聽見二號隔離病房傳來那個窒息的聲音，現在聽起來就像有人快吸不到空氣。

「米高？」我大聲說。「你還好嗎？」

就在這時，門縫底下冒出某樣東西。一灘深色的液體。是血，現在正從門底下滲了出來。

31

「米高！」我倒抽一口氣。

我不知道二號隔離病房發生什麼事。會不會是米高自殘了。我不知道。但他顯然在流血。我一定得救他。

我準備輸入房門密碼，但後來我猶豫了。萬一這是陷阱呢？說不定更糟，萬一米高拿著一把刀躲在裡面，等我把門打開，他就要對我做出他對自己做過的事怎麼辦？又或者是更糟的事。

不對，最好還是別開門。等我把雷夢娜或貝克醫生叫來再說。

我連忙繞一圈趕往貝克醫生的辦公室。裡面的燈熄了，這表示他可能在睡覺，但我想都沒想就直接敲門。我用手心用力拍打，他把門拉開時，看起來有點不爽。他的手術服皺巴巴的，腳上沒穿鞋。他今晚剛來的時候鬍子還刮得很乾淨，但現在下巴開始冒出一些鬍碴。

「艾咪。」他大聲打哈欠。「有什麼事嗎？」

「有血。」我氣喘吁吁地說。「有血從二號隔離病房的門底下流出來。」

貝克醫生愣了一下，消化我剛才說的話。「什麼？」

「整個地板都是。」我的眼眶滿是淚水。「米高肯定是發生什麼事了。但我不確定我該不該把門打開……」

他眨了眨眼。「等等，你說地板上有血？」

「對……」

他瞇起眼看我。「你確定嗎？」

「我確定！」我擦乾眼淚。「拜託過來看看吧。」

貝克醫生終於點頭答應。「好吧。沒問題。讓我先……讓我先穿個鞋子。我才剛……」

他看起來有點搞不清楚狀況，但也難怪，畢竟我在三更半夜叫他起床。但話說回來，他今天值班耶。他應該料到會有這種情況。好吧，也許不是完全像這樣。

貝克醫生把腳塞進運動鞋，跟著我繞過走廊來到隔離病房。我的心跳得好厲害，跳得我胸口都疼了。我不敢想像病房裡是什麼情況。地上那麼多血。他不可能沒事。可憐的米高……

我們必須打911。應該說，我們已經在醫院裡了，所以沒必要打911。我猜他一定得直接送急診了。如果他還活著的話。

拜託他一定要活著。拜託。

結果來到病房時，我嚇了一大跳。在二號隔離病房外面的地板上，什麼也沒看見。

沒有血，什麼都沒有。

貝克醫生回頭看我。「你說地板上有血……是這裡嗎？」

我盯著一塵不染的地板，連一絲血跡都看不見。沒有任何可能被誤認為是血的東西。搞什麼？

我咬著下嘴唇。「可能不是在這裡，可能是在……」

可是一定在這裡沒錯。就在隔離病房的外面。我之所以那麼確定，是因為我打算輸入密碼開門。

不可能在別的地方啊。我沒弄錯……只是血在哪裡？我明明就看到血了。

對吧？

「有沒有可能是你在做夢？」貝克醫生眉頭緊皺。「現在時間很晚了，艾咪……」

「可能吧……」

但我沒有做夢。我真的看見了。我知道我看見了……

「裡面還傳來一個聲音。」我回憶道。「像……窒息的聲音。而且他變得好安靜。記得他本來一直在大吼大叫還有唱歌嗎？他停下來了。」

「他可能睡著了。」

我擰著雙手。「我們可以查看一下他的狀況嗎？我真的很擔心。」

「艾咪。」貝克醫生搖搖頭。「如果他在睡覺，我們不應該吵他。」

這不是我的作風，但我把貝克醫生一把推開，然後砰一聲用拳頭砸在二號隔離病房的門上。

「米高！你在裡面沒事吧？米高！」

「艾咪！」貝克醫生看起來很不爽。我已經不記得上次看到他的酒窩是什麼時候了——他顯然對我非常火大。「拜託！米高整晚都在鬧，好不容易才安靜下來。我非常希望你不要去打擾他。」

我從門邊退開，大口喘著氣。我是絕對沒辦法說服貝克醫生開門了，尤其地板上的血跡竟然神奇消失。我沒有證明自己是值得信任的人。

「我只是覺得如果可以看看他，我們起碼可以知道——」

貝克醫生緊抿嘴唇。「艾咪，夠了。別吵米高了。我要你進去一間病房，然後好好睡到早上。今晚已經發生夠多事了。你現在不用管事了。」

我很想告訴他我對一號隔離病房的其他疑慮，像是今晚稍早在那裡聽到的怪聲音，以及那聲音不知道怎麼停了。但我慢慢覺得他不會認真看待我說的話了。連我自己聽起來，都覺得荒謬。也許他說得對，也許我確實需要躺下來，好好睡一覺。

「好吧。」我肩膀一沉。「我去躺下。」

「很好。」

貝克醫生盯著我。他看我的眼神，是我從來不希望被注視的方式。是我一直以來害怕的那種眼神。

就好像他覺得我瘋了。

32

八年前

「艾咪，潔德……我有話要跟你們談一談。」

放學鐘聲已經響起，我正在收書包，準備回家，這時萊爾登老師朝我們走來。他的雙手交叉在格紋襯衫前，腋下兩側有淡淡的汗漬。他身上散發的發霉起司味，濃得令人難受。我書包收到一半，頓時僵住不動。

「現在？」我脫口問。

萊爾登老師嚴肅地點點頭。

我回頭看向潔德，她似乎一點也不擔心。她抓抓手肘，溜回她的座位。她抬起頭，用一臉無聊的表情看著萊爾登老師。如果我不知道她從他的辦公室偷走考卷——要不是我親眼目睹——我真的會以為她什麼壞事也沒做。

她真的有偷走考卷，對吧？這整件事不是我的幻想吧……

天啊，我最近是怎麼了？

我滑進我的座位，胃裡一陣不安。萊爾登老師直盯著我們兩人，但主要是我。他的頭皮冒汗，梳在他禿頭上的那幾根頭髮變得毛燥。有一根頭髮掉到他額頭上，就像瀏海一樣。

「我想跟你們談談昨天的期中考。」萊爾登老師開口說。「有關昨天有張考卷不見的事。」

喔，不。

我再次偷看潔德一眼，她的嘴角掛著一抹淺笑。我真想打她的臉，讓那抹笑容消失。我們之所以在這裡全是她的錯。偷考卷是她的蠢主意。

「你有找到嗎？」潔德平淡地問。

「沒有。」他看了看我們倆。「我很擔心考卷跑去哪裡了，所以昨天我去問工友有沒有學生在前天放學後出現在這附近。他提到你們兩人的模樣。」他傾身靠近，臭起司味讓我想吐。「他跟我說他讓你們進教室。」

「他把我們跟其他人搞混了啦。」潔德揮揮手。「我敢說我們在他眼裡都長得一樣。」

萊爾登老師沉默片刻。「我拿了你們去年校刊上的照片給他看。」

我的未來在眼前一閃而過。考不及格很糟沒錯，但還有轉圜餘地。從老師辦公室偷走考卷，最少也會被停學。這種事會一輩子記在你的檔案上。作弊。

我看見我的未來準備付之一炬。

另一方面，潔德看起來絲毫不擔心。「拜託，那傢伙連英文都不會說。」

「總之，」他的嘴唇扭曲成一抹冷笑。「明早我會把這件事呈報給校長。你們可以向他解釋為什麼你們會在考卷不見前，鬼鬼祟祟地在我的教室裡晃來晃去。」

說完這些話，萊爾登老師回到他的位子上開始收東西。我也想收東西，但身體動彈不得。我看著他向前彎腰，襯衫釦子快從肚子上爆開。在所有可能抓到我們偷考卷的老師裡面，就數他最糟了。這個人絕對不會心軟。

等我總算站起來時，雙腳在底下發軟。我甚至不確定我有沒有辦法走出教室，但我還是做到了。潔德完全不害怕的樣子。她在教室外等我，端詳她的指甲，上面塗著一層稍微剝落的金色亮粉指甲油。

她瞇眼看我。「你沒事吧，艾咪？」

「我有事。」我對她厲聲說。我抓著她的手臂，把她拉到走廊盡頭，萊爾登老師聽不見的地方。「我們有大麻煩了。你知道吧？」

潔德嗤鼻一笑。「你那麼擔心幹嘛？你又沒看考卷。要是你考砸了，他要怎麼指控你作弊，對吧？」

我默不作聲。

「艾咪！」潔德對我咯咯笑——她那副樂不可支的樣子真叫人火大。「不會吧！喔，天啊，你之前還在那邊大驚小怪說作弊不對，講一大堆廢話，結果你還是跑去看考卷了？」

「我不想被當。」我喃喃地說。

要是我沒有去翻房間的垃圾桶，拿出潔德帶給我的那張考卷，我一定會不及格。當時我覺得那麼做是對的。但我早該聽我的直覺。光明磊落考不及格，總比接下來要發生的事好多了。

總之，潔德一直笑個不停，真的很煩。

「這不好笑！」我大聲說。「潔德，你到底知不知道我們要完蛋了？我們絕對會被停學，說不定還會被退學。」

「才不咧。」她聳聳肩。「我很懷疑。」

我的臉越來越燙。「也許你不在乎，但我對我的人生是有規劃的。我想上大學，讀醫學院。我不想因為作弊而被踢出高中好嗎？」

「好好，反正我只是個前途黯淡的廢物，所以我何必在乎呢？」

潔德精緻的臉上充滿受傷的表情。如果是其他時候，我可能會對自己說的話感到內疚。但我現在一點也不內疚。這都是她害的。

「你知道嗎？」她說。「你不應該一副高高在上的樣子。你比你想像中跟我還要相像。」

不知為何，那個小女孩突然在腦海出現。我今天早上又看到她了。我在刷牙時，她人就在浴室裡。這次她什麼也沒說。她只是看了我一會兒，等我吐掉口中的牙膏，抬頭一看，她已經不見了。

如果我告訴別人我最近看見的東西，不知道會發生什麼事。昨晚我在網路上查了一下。一個人若是看見不存在的東西代表什麼意思？

答案越看越糟。可能是我的視力出問題，但這無法解釋為什麼小女孩在跟我說話。不然我可能得了癲癇，或者腦部長了腫瘤。

又或者我可能快得精神分裂症。

若真是這樣，等著我的會是怎麼樣的未來呢？

「這件事很快就過去了啦。」潔德說。「我跟你保證。」

「我可不敢那麼肯定。」我咕噥說。

「聽著。」潔德與我平視。「我說過我會幫你度過這次的考試，我也做到了，對吧？現在，我也要告訴你，一切都會沒事的。別擔心。我會搞定一切。我保證。」

潔德會搞定一切？這是什麼意思？事到如今，還有誰能挽救這個局面？

我非常確定我現在所知的生活已經結束了，我的未來也毀了。

33

現今

貝克醫生回辦公室之後，我才意識到潔德目睹了我們的整場對話。她就一直靠在門邊看，臉上帶著那種似笑非笑的表情。現在不只是口紅，她連睫毛膏都糊了。她房間的燈是暗的，她的臉在走廊昏暗的燈光下微微發光。

「所以，」她說。「你到現在都還會看見幻覺。」

「不，我沒有。」穿著手術服的我直打哆嗦。

「好吧，所以……你剛剛沒有幻想自己在走廊上看見一灘血嗎？」

我無話可說。她沒錯。我確實以為我在走廊上看見一灘血。畫面是如此真實。但現在我清楚看到這裡沒有血，甚至沒有任何可能會被誤認是血的東西。

真不敢相信這種事又發生在我身上。不會又來一次吧。

「你也聽到一些聲音，對不對？」她說。

我膝蓋一軟，差點跪倒下來。自從踏進這個精神病院，我就一直聽見一號隔離病房傳來聲音，一些大家似乎都沒聽見或不覺得困擾的聲音。難道這表示……？

「我們十六歲那年，你就應該尋求幫助的。」潔德說。「你本來可以的，你本來可以對大家誠實。」

「我沒事。」我無力地說。「好吧，我……我有陣子確實有些問題，但都過去了。也許這只是……我不知道，荷爾蒙的關係吧。」

「荷爾蒙！」潔德脫口說。「喔，艾咪。你真的是用這種說詞在欺騙自己嗎？」

「你小聲點……」

「你不需要為自己的樣子感到羞恥。」

「至少我不會拿著啤酒瓶去搶銀行！」

潔德睜大雙眼，有那麼一會兒，我怕我做得太過火。但接著她開始仰天大笑。「喔，天啊，我就知道你到頭來一定會去看我的病歷。你真的很好猜耶！」

「這個嘛……」

她對我眨眼。「只要給你機會，你最後總是會去做壞事。」

我咕噥一聲。「我本來打算去睡覺的。我……我一定是累了，這就是我以為我看到血的原因。」

「是啊，繼續這樣說服自己吧……」

我轉身離開潔德，回到員工休息室時，她仍在自顧自地偷笑。我很想不去在意她說的話，但實在很難。我很確定我看見地上有血，但血不在那裡。我無法否認。

我也無法否認這已經不是我第一次看見不存在的東西了。

我回到休息室時，燈光是暗的。我皺眉，回想我有沒有把燈關掉。不對，我確定我沒關燈。

我記得我在心裡暗想，我不想回到一個漆黑的房間，這就是我刻意讓燈亮著的原因。

當然，也有可能是雷夢娜經過時順手把燈關了。為了省電什麼的。不見得有任何意義。

就在這時，我看見他了。

角落的黑色人影，等著我。接著門突然用力關上。

我連尖叫的時間都沒有。

34

威爾的手捂著我的嘴，讓我差點不能呼吸。

我納悶他在這裡等了我多久。我頂多能說的是，他似乎沒有武器。而他的褐色眼睛透過鏡片與我四目相交時，沒有流露一絲惡意。真要說的話，他看起來就跟我一樣害怕。

「拜託不要叫。」他說。「我只是想跟你聊聊。」

我凝視著他，很想對他壓在我嘴上的手狠狠咬一口。最後，我點點頭。他把顫抖的手從我嘴巴拿開時，我往門口看一眼，想知道從我這裡逃到那裡要多久時間。但威爾比我高大，動作也比我快——他可以輕鬆攔下我。

「對不起。」他說。「但我需要跟你聊聊。就我們兩個。」

「好吧……」

他看向緊閉的門，再回頭看我的臉。「我也看見地上的血了。」

我完全沒料到他是要跟我說這個。「什麼？」

「那裡確實有血。」他的眉頭深鎖。「事情就跟你和貝克醫生說的一樣。血從門底下滲出來，我聽到米高發出像是……我不知道……像是他快死了之類的聲音。窒息而死。像是有人割了他的喉嚨。」

剛剛想衝出去的念頭全都拋到九霄雲外。我一屁股在沙發上坐下，思緒飛快轉動。「那麼血怎麼不見了？」

「那個叫雷夢娜的護理師清掉了。」

我倒抽一口氣。「什麼？」

「你去找貝克醫生的時候，她過來把血都清乾淨了。」他說。「我親眼看見她清的。你一離開，她就很快出現了，把血清乾淨，然後趁你帶著貝克醫生回來之前離開了。」

我的腦袋千頭萬緒。「她為什麼要做這種事？」

威爾開始在休息室來回踱步。「我不知道。我不知道今晚這裡到底是發生什麼事。老實說，我有點嚇壞了。」

我不知道現在該作何感想。如果是卡麥隆在這裡跟我說他看到那些血，那還說得過去。可是唯一相信我有看到血的人，是一個有精神分裂症又不肯吃藥的傢伙，我到底該怎麼辦？而且現在，威爾看起來真的跟急診室紀錄裡寫的那個人很像：頭髮凌亂，淡褐色的眼睛看起來很瘋狂。

他停下腳步，盯著我看。「你不相信我。」

我撥弄著手術服的抽繩。是時候跟他說實話了。「我知道你一直沒有按時服藥。我發現你的藥藏在你那本《蓋普眼中的世界》裡。」

他低下頭。「喔。」

「所以，你知道的，你說的話很難讓人完全相信。」

他緩緩點頭。「好吧，我明白你為什麼會這麼想。但說實話，我不覺得我需要吃藥。那些聲音……慢慢就自己消失了。那一定是……你知道的，就那種事。」

「就那種事？」

「聽著。」他咬著牙。「我也想吃藥，好嗎？我在急診室有吃，可是……吃了那些藥感覺真的很糟糕。我受不了。那些副作用……」

我不知道該怎麼回應。

「我看見那灘血了。」他堅持道。「那不是我的幻覺，也不是你的幻覺。那裡確實有血。就算你不相信我，為什麼不相信你自己呢？」

威爾認真看著我，在我臉上尋找答案。他不懂，我也不打算把我的過去解釋給他聽。

「我只是……」我用指尖揉太陽穴。「我累了。我不知道我在想什麼了。」

「我再告訴你另一件你可能沒想過的事。」他在我旁邊的沙發上坐下。「另一個醫學生——他叫什麼名字來著？卡特？」

「卡麥隆……」

「對了。」他壓低聲音。「我聽見他在尖叫。」

「什麼？」

「沒錯。」他的目光瞥向門口，一臉害怕。「那是幾個鐘頭前的事了。」

「可是……在哪裡聽見的？」

「我在房間裡聽見的。」他說。「最瘋狂的部分來了……」他深吸一口氣。「我到走廊上查看是怎麼回事的時候，好像看到一號隔離病房的門砰一聲關起來。」

我覺得彷彿有人在我肚子上用力揍了一拳。「什麼?你確定嗎?」

「我不確定。」他坦承道。「我說我好像看到了。一切都發生得很快。但如果那個房間的門曾經打開，那……」

他不必把話說完。如果一號隔離病房曾經打開，那就表示戴蒙·索耶跑出來了。想到貝克醫生警告過我們他有多危險，我無法想像有那種可能。

「希望整件事只是我的想像。」威爾說。「但後來米高把事鬧得那麼大，他卻沒有出現的時候，我開始擔心他是不是出了什麼事。」

我往後靠向沙發，盡力平復紊亂的思緒。「卡麥隆回家了。他家裡有急事。」

「他親口跟你說的嗎?」

「沒有，他在貝克醫生的語音信箱裡留了一條訊息。」

威爾挑起一邊的眉毛。「你覺得卡麥隆是會那樣做的人嗎?留個語音訊息就拍拍屁股走人?」

可能吧。如果有東西嚇到他的話……

「我打個電話給他吧。」我說。我跳下沙發，穿過房間去拿角落的室內電話。當然，我沒背卡麥隆的號碼，但幸好我當初沒有一氣之下從電話簿把他刪了，儘管我非常想這麼做。我在螢幕上找到他的號碼，然後拿起話筒。

沒有撥號音。

威爾坐在沙發上看著我，面無表情。「電話不能用。」我說。

「對。」他說。「我知道。一停電就不能用了。」

該死的米高——他為什麼非得尿尿在插座上？

「這裡一定有什麼事。」威爾說。「你不覺得嗎？」

不得不承認，他的話別有一番道理。但我也得記住我正在跟一個有精神分裂症的人說話。一個頻頻聽到有聲音叫他去做可怕的事，而且擅自決定停藥的人。他當然會覺得有可疑的事正在醞釀中，這是他症狀的一部分。不過每件事一定都有某種合理的解釋。一定有的。

「我得找卡麥隆談一談。」我查看手機螢幕，不用說，沒訊號。

「手機要收到訊號的唯一辦法就是離開病院。」威爾提出重點。

他說得對。只要偷溜出去一下子，我就能打電話給卡麥隆，確認他平安無事，確認這一切都只是胡思亂想。

「好吧。」我說。

威爾跟著我離開員工休息室，來到D病房上鎖的大門前。這裡的走廊非常昏暗，密碼鎖發出的綠光看起來有如鬼火。我不必查看密碼，我已經牢記在心。347244。我整晚都在心裡默唸，以防需要離開這裡。

「你還在等什麼？」威爾說。

他站在我後方，雙腳不停轉換重心，他沒穿鞋，只穿著一雙白色厚襪子。他的手也不停打開又合攏，好像停不下來的樣子。

我突然想，也許這一切都是威爾的詭計。萬一他來找我，跟我講那麼多，都只是為了騙我打開D病房的門怎麼辦？因為他想出去，他也知道只有我會笨到把門打開。

不對，我不認為是這樣。威爾提出許多合理的觀點，而且他是自願入院的。是他自己去急診室說他聽到那些聲音。如果他不想待在這裡，他根本不必來。

我深吸一口氣，在鍵盤上輸入密碼。

35

我輸進密碼的最後一個數字時，預期會聽見響亮的警報聲，以及大門解鎖的喀噠聲。結果，聽見的卻是一記微弱的蜂鳴聲。

我一定是按錯密碼了。

這次我努力穩住顫抖的雙手，再次輸入密碼。347244。對了。這就是貝克醫生今天早上輸入的數字。我在夢裡都能倒背如流。

然而這次，我仍然只能聽見那微弱的蜂鳴聲。

這是怎麼回事？

「密碼沒用。」我對威爾說。

他用手梳過頭髮。「你確定你有輸入正確的密碼嗎？」

「我……我想是吧……」我從口袋拿出手機，查看我記在記事本上的密碼。347244。我再試一次。「我想我的密碼是錯的……」

「老天啊。」威爾輕聲說。「這……」

「聽著。」我說。「我去跟雷夢娜談談。我會問她地上的血是怎麼回事，然後她會告訴我密碼是什麼。我一定是記錯了……我敢說她知道正確的密碼。」

「你相信她？」

威爾說話的語氣，好像如果我說我相信的話就是個白痴。但我得再次提醒自己，疑神疑鬼是他的病徵。他當然會想出一些瘋狂的陰謀論。但事實上，很可能有一個合乎邏輯的解釋。我是說，哪個可能性比較高呢——是門故障了，所以卡麥隆離開時沒有警報聲，還是他正躺在病房的某處，死了或昏迷不醒？

「我相信她。」我說。

「別被她糊弄了。」威爾抓抓下巴的粗硬鬍碴。「血在那裡，我們都看到了。」

「對……」

他在原地站了一會兒，接著才意識到我是不會讓他跟著我去找雷夢娜說話的。畢竟，如果我跟他一起出現，就完全沒人會相信我了。他退後一步，雙手舉在空中。「你查到什麼再跟我說吧。」

我沒有回答他，但他似乎欣然接受了，走回自己的房間。他經過二號隔離病房時，低頭看向地板，就在不久前佈滿鮮血的同個位置。本來到處都是血，但突然就這樣消失了。

我多希望能有一個不是因為我瘋了的答案。也許雷夢娜能給我那個答案。

我開始沿著病房繞。我經過兩間隔離病房，裡面都是一片死寂。當然了，現在是半夜。幾乎所有人都睡了。

我來到員工廁所時，裡面傳來沖水聲。我鬆口氣。一定是雷夢娜。果不其然，等水流了大概能唱完一首「生日快樂」那麼久之後，雷夢娜從廁所走了出來。

「艾咪！」她一手抓住胸口。「天啊，你嚇到我了！」

「抱歉。」我喃喃地說。

她站在昏暗的走廊上瞇眼看我。「你還好嗎？你看起來有點——」

「我沒事。」我趁她把話說完前打斷她。我不想知道我現在看起來是什麼德性。「我只是……我想問你一件事。」

雷夢娜對我微笑。以這個時間來說，她的精神看起來出奇地好。但我猜她已經習慣值夜班了。「沒問題。」

我指向隔離病房的方向。「你有把走廊地板上的血清掉嗎？」

「血？」她看起來差點噎到。「當然沒有！」

噢，天啊。那真的是我的幻覺。

除非她在說謊。

「我注意到地上有些草莓果醬。」她說。「還滿多的。所以我拿拖把全部清乾淨了。米高真的弄得有夠亂的，不是嗎？」

「草莓果醬？」

「對啊。」她拉了拉那件印花手術服的衣領。「那東西弄得到處都是。但我想我應該都清乾淨了，謝天謝地。」

草莓果醬。地板上沾的真的是草莓果醬嗎？看起來完全不像。而且我明明看到它是從門底下滲出來的。

對吧？

「你以為那是血？」雷夢娜捧腹大笑。「喔，艾咪，親愛的。你真的該去睡個覺了。」

我突然一陣暈眩。她說得對。我真的該去睡覺了。但直覺告訴我就算我去睡，也只是會清醒地躺在那裡，直盯著天花板。

「你有沒有……」我挪動雙腳。「你能不能告訴貝克醫生地板上有東西被你清掉了。」我想讓他知道這整件事不完全是我的想像——我想讓他知道我沒瘋。

雷夢娜瞇眼看著我。「你想要三更半夜把貝克醫生吵醒，告訴他我清掉了一些沾在地上的草莓果醬？」

呃，她這麼一講……

「聽著。」我說。「我想去呼吸點新鮮空氣。」

她同情地點點頭。「嗯，我贊同。」

「可是我輸入病房大門的密碼卻沒用！」我往後看了一眼。「你能幫忙讓我出去嗎？我很快就回來。」

我在說謊。等大門一開，我就會閃人。現在這個節骨眼，我寧願被醫學院退學，也不想再回來這裡。

雷夢娜把頭歪到一邊。「喔，艾咪，我真希望我能幫你。可是保險絲燒掉之後，大門就重新設定了。密碼好像不能用了。電話也沒了訊號。天亮前，我們可能都要被困在這裡了。」

我的胃一沉。「沒有別的辦法了嗎？我是說，我們非得有個出去的方法吧。萬一失火了怎麼辦？」

「相信我，我也不是很高興。」雷夢娜說。「但因為今晚電腦系統在維修，所以我也不確定我們能怎麼辦。最好是祈禱不要失火，對吧？」

我不喜歡這個答案。但她說的也是。如果電話不通，大門密碼也重設了，除了等早班的人來之外，我們還能怎麼辦？

但願我們能撐到那個時候。

36

我本來打算不要把我和雷夢娜的對話告訴威爾，但我猜他現在正在房裡走來走去，為了走廊地板上的血煩惱不已。我應該要讓他放心。所以我跟雷夢娜說完話，就立刻前往他的房間。

敲門前，我看了一眼他隔壁的房間。905號房。潔德的房間。自從她因為我跟貝克醫生說走廊有血的事訓了我一頓後，我就沒再見到她。我好奇她聽到威爾的推論會怎麼想。

直覺告訴我，她不會當一回事。畢竟她知道他沒在吃藥。

我還來不及敲門，威爾就把門打開，彷彿一直站在門後等我。他用佈滿血絲的眼睛看著我，我提醒自己，威爾這個人並非完全無害。他的腦袋裡不知道已經聽那些叫他去殺人的聲音多久了。他很多疑，腦海充斥各種陰謀論。雖然晚上剛開始的時候看起來還行，但隨著時間一分一秒過去，他也越來越邋遢。

他開始失控了。

雖然他不像卡麥隆那麼壯，但起碼高我十五公分，力氣也不小。就算沒有武器，還是能輕易制服我。

我必須小心。

「嘿，」我說。「我跟雷夢娜聊過了。」

「我聽到了。」

他當然聽到了。要是他沒有溜到走廊上偷聽我們說話，我才覺得驚訝呢。「所以聽起來只是草莓果醬。沒什麼好擔心的。」

「你在跟我開玩笑吧。」他搖搖頭。「草莓果醬？那是血，艾咪。我們都看到了！她在對你說謊。」

「她為什麼要說謊？」

「我不知道。」他用雙手抓了抓頭髮，我看得出來他抖得很厲害。「聽著，艾咪……」

「什麼？」

威爾在原地站了一會兒，內心似乎在進行某種天人交戰。「算了，沒事。」

「你該去睡一下。」我告訴他。「我也是。」

他嗤鼻一笑。「你真的覺得你睡得著嗎？」

可能性微乎其微。「睡不著的話，我就熬夜看《心塵往事》吧。」我停頓片刻。「要不是被你弄壞了，不然我本來想讀《蓋普眼中的世界》的。」

威爾撇了撇嘴。「你要知道，要不是有好理由，我絕對不會那麼做。」

他當然有好理由。他不想吃藥，讓自己好起來。

「晚安，威爾。」我說。

他給我一個意味深長的眼神。「答應我你會小心。」

「我會的。」

我轉身要走，但威爾仍在房門口徘徊。他在目送我離開。快轉彎的時候，我又回頭看了一眼，想知道他是不是還站在那裡。

結果不知道怎麼回事，看過去不是906號房，而是905號房的門正在關上。潔德的房間。

但我肯定是看錯了。畢竟威爾怎麼會進去潔德的房間呢？

37

八年前

明天有美國史的考試，我真的該去念書了。結果，我現在卻在喝蜜桃冰茶，看著電視。反正，還有什麼意義呢？我就要被踢出學校了，就算明天的考試考再高分也一樣。所以，與其學習第一次世界大戰的那些細枝末節，倒不如看看網飛，享受一下。

「艾咪？」媽媽突然出現在我後方，隔著那副半月形的眼鏡低頭看我。「你還好嗎？」

嗯，讓我們來看看。我考試作弊被抓，大概很快就要被退學了。另外，我一直看見一個不存在的小女孩，她拚命慫恿我做壞事。但除此之外，我好得不得了。謝謝關心，老媽！

「我沒事。」我說。

「你有跟潔德聯絡嗎？」她問我。

「有吧。」我咕噥說著，目光始終盯著電視。

她皺起眉頭。「艾咪，潔德出了什麼事嗎？如果有，你可以告訴我。我能幫忙。」

「沒事。」

她在我旁邊的沙發上坐下。「青少年時期確實很難熬。很多女孩子都面臨掙扎。有些人的心理健康問題也是在這個時候開始浮現……」

我一聽到心理健康問題，猛地抬起頭。「這是什麼意思？」

「艾咪……」媽媽一手摸著下巴。「我以前沒告訴過你，但潔德的媽媽……她的心理狀況一直很糟。這種事可能有家族遺傳，所以我擔心潔德——」

「潔德沒事。」我說，語氣有點太衝。

我沒說謊。確實，她過去幾年變了很多。她的行為越來越詭異。但有幻覺的人不是潔德，是我。

「你確定你沒有什麼事想要告訴我嗎？」媽媽追問。

我不想告訴她發生在我身上的事。一部分的我希望我今晚睡著後，明天醒來一切都會好轉。我不能跟她說實話。我不希望她用看待潔德的方式看我。如果她發現有幻覺的人是我，她還會那麼愛我嗎？她總是告訴我她對我和我的好成績有多自豪。一旦她知道真相，就再也不會對我自豪了。

「我現在不想談。」我說。「我需要一些新鮮空氣。」

我媽還來不及抗議，我就抓起遙控器關掉電視。我拿起冰茶往外走，在門口等了一下，看我媽會不會跟上來，但她沒有。我不知道該不該感到失望。

冬天總算結束，今天已經轉成美麗宜人的春天。太陽準備下山，整個天空染上了紅色、橙色和黃色的漸層色彩。看，就算我瘋了，還是可以欣賞美麗的夕陽。

就在這時，我聽見宏亮的喇叭聲。

我回過頭，看見潔德開著她媽媽的道奇舊車停下來，那輛車感覺再開幾公里就要解體了。其中一邊的後照鏡根本只靠一條電線吊著，而且車子前後的保險桿沒有一塊地方是沒撞凹的。

「艾咪！」她大聲叫道。

我只是右手抓著冰茶，直盯著她。

「艾咪！」她猛按喇叭，吵得隔壁的狗都開始狂吠。「我有話要跟你說。」

「我們沒什麼好說的。」

「我知道你在生我的氣。」她把一縷散落的金色髮絲勾到耳後。「可是我把事情都處理好了。我搞定了。」

我忍住不去翻白眼，但實在很難。「最好是。」

「真的！我跟你發誓，艾咪。」

潔德那雙有黃色斑點的藍眼睛直視著我。她沒有像平常開玩笑時那樣微笑。她是認真的。只是我不知道她是怎麼處理好這一切的。

「你做了什麼？」最後我說。

「上車。」她對著副駕駛座點點頭。「我直接給你看。」

我全身的每吋細胞都在告訴我別上潔德的車。但與此同時，我不得不承認我很好奇。潔德只要下定決心要做什麼，就真的能做到。

於是，我打開副駕的門，坐上車。我還沒繫上安全帶，她就咻一聲開走了。

38 現今

這次，我決定前往病友休息室睡看看，只是因為那裡的沙發看起來比較舒服。椅墊上比較少肉眼可見露出來的彈簧。也許我在那裡睡得著。

這裡有很多空病房可以使用，裡面不僅有完好的床，連毯子都折好放在上面。但我才不要在病房過夜。絕對不要。

病友休息室裡有一間廁所，我就順便去了一下。但我剛打開廁所的燈，就差點嚇昏。我不知道過去幾小時是發生什麼事，但我的臉色看起來糟到不行。我的馬尾鬆開，散落的髮絲在臉龐周圍蓬亂捲曲。我就像威爾一樣眼睛佈滿血絲，底下還有深深的黑眼圈。難怪貝克醫生和雷夢娜那麼擔心。

要是我在其中一間病房睡著了，很容易就會被誤認是病人。我就差一條手環。

一想到手腕戴上那條塑膠手環，上面寫著我的姓名、病歷號碼和出生日期，宣告我是醫院的病人，我就感到一陣恐懼。那一刻，我整個人頭昏眼花，納悶我是不是全搞錯了。萬一……？

不。別想了，艾咪。停止這些瘋狂的念頭。

我舉起左手腕，上面沒有手環。我深吸幾口氣，逼自己冷靜下來。我沒事。我會沒事的。我只需要撐過剩下的夜晚。

清空膀胱後，我在臉上潑了些水，雖說沒有幫助。我現在最需要的是睡點覺，以及離開這裡。

真希望卡麥隆沒走。我不相信威爾說他消失在其中一間隔離病房的偏執理論。我相信他只是離開了，而我不知怎地沒聽見警報。這是目前為止最合理的解釋。

但話說回來，他為什麼不告訴我他要離開？他明知道我有多害怕。為什麼他會這樣不告而別？

說到卡麥隆，我能講出一堆他的缺點。但他不是會幹這種事的人。

我走出廁所，來到沙發上。慶幸的是，沙發旁邊擺了一條折好的毯子。我抖開毯子，比較像一件薄被，而且還不夠長，蓋不住我這一百六十幾公分的身材。但有總比沒有好。

我爬上沙發。沒想到我的眼皮開始變得沉重。我有可能真的能睡著。真是個小小的奇蹟。

只是正當我準備閉上眼睛時，我聽見一陣腳步聲。

一開始，我還打算置之不理。但後來，腳步聲越來越大，大到我確定房間外面一定有人。然後，腳步聲就停了。

我從沙發上爬起來，緊抓著薄被。我盯著休息室緊閉的門。「哈囉？」我叫道。

沒有回應。不意外。

我躡手躡腳走到門邊，把耳朵貼在門上。一點動靜都沒有。

我把手放在門把上停留片刻，一邊鼓起勇氣準備轉開門把。我在心裡數到三，接著把門推開。

休息室外的走廊一片漆黑，只看得見上鎖大門邊的鍵盤上所發出的光。我瞇眼，仔細看著每個昏暗角落，但不見任何等著突襲的身影在徘徊。我什麼也沒看見。

「哈囉？」我再次叫道，接著清清喉嚨。「索耶先生？」

沒有回應。

外頭沒人，至少在我視線範圍內沒有。或者該說，沒有任何人想讓我看見他。我用力關上門，向老天祈禱門上有鎖。我迅速跑回房間另一邊的沙發上，把自己埋進被子裡。

我不可能睡得著了。絕對不可能。無論我有多累，就是不可能。

而那些就是我睡著前最後的念頭了。

39

距離天亮還有：四小時。

睜開眼睛時，有人站在我正上方。

那是一個男人的身影。他的輪廓在窗戶照進來的月光下清晰可見。我緊緊抓著被子，嚇得叫不出聲。

接著，我突然認出來那人是誰了。

「路德維希先生？」我說。

蜘蛛丹站在我的上方，顯然在看我睡覺。這傢伙大概是D病房除了戴蒙·索耶外，最瘋狂的病人了。我在沙發上扭動身體，手摸找著仍放在我口袋裡的那根棒針。

「別擔心。」蜘蛛丹語氣平淡地說。「我不會讓他傷害你的。」

我這才發現，蜘蛛丹擺著超級英雄的姿勢，兩腿打開，雙手握拳扠腰，臉上帶著堅定的神情。

「你在說什麼？」我打了個哈欠。真不敢相信我真的睡著了。「你不會讓誰傷害我？」

蜘蛛丹仍然維持他的英雄姿勢。「戴蒙·索耶。我不會讓他找到你的。」

「呃。」我說。「謝謝你。不過我想我沒事。我不覺得他想傷害我。」

我很驕傲自己能冷靜思考。幾小時前，像這樣的言論可能會把我嚇壞。但現在睡了幾個鐘頭後，我比較實際了。戴蒙・索耶關在一號隔離病房裡。他不會傷害任何人的。

「有，他想。」蜘蛛丹堅持道。

我在沙發上伸懶腰，脖子發出「喀」的一聲。「你為什麼這麼覺得？」

「因為是他告訴我的。」

「什麼？」小睡後的好心情頓時消失殆盡。是的，這個人有妄想症。我是說，我不能相信一個以為自己的手能射出蜘蛛絲的人吧。但他描述得非常具體。「你在說什麼？」

「他到我房間。」蜘蛛丹解釋。「他在找你，可是我沒有告訴他你在哪裡。我不會讓他傷害你。」

「等等。」再睡回籠覺的可能性已經徹底消失。「他指名說在找我？」

「你是艾咪，對吧？」

我的天啊，我真的開始覺得毛骨悚然了。戴蒙・索耶怎麼可能在找我？他根本不知道我是誰啊！今晚是我第一次來這裡耶！他為什麼想要找我？

他為什麼沒被關在一號隔離病房？

「他被關起來了。」我對蜘蛛丹說。

「他沒有。」他意味深長地看了我一眼。「他今晚早些時候出來了。」

我的天、我的天、我的天、我的天。

我從沙發上跳起來，把被子扔到一邊。我可能反應過度了——蜘蛛丹絕對不是可靠的消息來源。但威爾也跟我說過同樣的事。更別提地上的那灘血，我至今仍不太相信那是草莓果醬。而且一號隔離病房裡安靜得很詭異。

然而，我還沒能仔細思考，一個刺耳的聲音打斷了我的思緒。

是一個女人在尖叫。

40

聽見尖叫聲的我有兩種選擇。我可以躲起來，或去看看發生什麼事。

我決定去一探究竟。這個勇敢的決定根本不是我的作風，但我非得知道發生了什麼事。那個尖叫聲有一種令人不安的熟悉感。

聲音從哪裡來的，一聽就知道。好幾個病人都跑到走廊上看熱鬧，只見瑪麗．康明斯站在房間外面，扯著喉嚨尖叫。她脖子上的青筋都爆出來了。

「戴蒙．索耶！」她尖叫著，口水四濺。「戴蒙．索耶！」

貝克醫生和雷夢娜靠兩人合力才制服了她。對一個快八十歲的女性來說，她力氣還真不小。她右手緊抓著那根鋼製棒針，雷夢娜拚了命才把棒針奪下。棒針掉落在地，發出聲響滾走。

「戴蒙．索耶要殺了你們所有人！」她對著她的觀眾大叫。「他說到做到！他要殺光你們每一個人！」

我想起貝克醫生在剛值班的時候提過這個情況。他稱之為黃昏症候群——也就是老年人到了晚上，會變得越來越糊塗且易怒。如今我親眼目睹了。

「瑪麗。」貝克醫生邊咬牙說，邊與雷夢娜一起把她帶回房間。「你得冷靜下來，瑪麗。拜託。」

「我不要！」瑪麗大聲尖叫。她對著周圍的人群大喊。「他要動手了！我們必須阻止他！他是個邪惡的人！一個邪惡、殘酷的男人！」

「雷夢娜。」貝克醫生轉頭看向她。「鎮定劑準備好了嗎？」

雷夢娜點點頭。「先把她弄到床上吧。」

「不要！」瑪麗咆哮。她慌張地掃視人群，最後目光落到我身上。「艾咪！艾咪，你一定要阻止他！拜託！」

我退後一步，不確定該說什麼。我東張西望求助。克林．伊斯威特站在附近，濃眉皺在一起，把那袋蘇打餅乾像救命稻草一樣緊緊抓著。我的眼睛很快掠過站在人群外圍的威爾和潔德。潔德的手靠在威爾的肩膀上，真奇怪。

「不要！」瑪麗叫得好大聲，感覺喉嚨都要喊破了。「拜託不要！拜託不要這樣！」

但貝克醫生和雷夢娜已經設法安撫她回到房間。雷夢娜把門一踢關上，就這樣，鬧劇結束了。

大多數的病人慢慢走回自己的房間。潔德和威爾仍站在人群外圍。潔德與我短暫四目相交，隨後她連忙把手從威爾的肩膀上移開。

真的超級奇怪的。

威爾和潔德回到各自的房間。他消失在906號房，她也走進905號房。但他們的房門關上後，我還是一直盯著那個方向。他們兩個似乎認識，這很怪。D病房沒有團體治療，他們來這裡甚至不滿一個禮拜。他們沒道理在這麼短的時間內變成朋友。

而我發現威爾沒吃藥，把這件事告訴貝克醫生時，潔德把我罵了一頓。她指控我背叛他。我一直不太懂她為什麼要那麼在乎一個完完全全的陌生人。

我回想我在潔德病歷上讀到的內容。她拿著啤酒瓶，一家一家地搶銀行。但她不是一個人。病歷上寫著她是和她男友一起犯的案。她男友想必和她是同時間來到這間醫院。

威爾也是同一天晚上進了急診室。

喔，天啊。

威爾是潔德的男朋友。

41

八年前

我完全不知道我們要去哪裡。

潔德開得超快。不僅開得超快，她還把音響開得震天價響。我好奇如果卡本特太太知道潔德開她的車開那麼快會說什麼。但話說回來，我猜潔德的媽媽根本不在乎。

潔德她媽媽的心理狀況一直很糟糕。

而這種事可能有家族遺傳。

我在座位上坐立不安，一邊調整安全帶。如果潔德撞上一輛車或一棵樹，唯一可以阻止我從擋風玻璃飛出去的東西就是安全帶了。我望向窗外，看著她在住宅區拚命飆車。我完全不知道這裡是什麼地方。

「我們要去哪裡？」這是我第十次問她了。

「別再問了。我們就快到了。」

我喝了一口蜜桃冰茶，右邊太陽穴隱隱作痛。當初實在不該上車的。太陽很快就要下山了，我要是沒回家，媽媽會擔心死的。我不曉得我們會跑那麼遠。

但就在這時，她突然緊急煞車，把車停在一棟看起來年華已逝的白色房子前方。房子外牆是木板做的，油漆嚴重剝落。前院的草地枯黃，東禿一塊西禿一塊的。我心裡突然覺得很不妙。我根本不應該來到這裡。

「我們到了！」潔德大聲宣布。

呃……

「我們在哪裡？」我伸長脖子，想把房子看仔細。「這是誰的房子？」

潔德對我眨眼。「你等一下就知道了。」

潔德下了車，我心不甘情不願地跟上她。結果她沒有走向通往大門的小徑，而是走向通往後門的車道。那裡有扇紗門在風中啪啪作響，她一把拉開，然後也拉開裡面的門。我看著她走進房子裡。

「來啊，艾咪！」她向我揮手要我跟上來。「這邊。」

我不該跟上去的。這是個錯誤。我應該離開這裡，一路跑回家。

潔德的手揮得更用力了。「快來啊。」

「好吧。」我說。「就一下子喔。」

我踩過幾株長到車道上的雜草，爬上三階樓梯，進門來到廚房。就在那時，我意識到這是誰的房子。

我嚇得嘴巴都合不攏。拿在右手的蜜桃冰茶掉到地上，蜜桃色的液體灑滿在油膩膩的廚房磁磚上，還跟幾滴鮮紅色的東西混在一起。那一刻我知道，我以後再也喝不下蜜桃冰茶了。我知道以後光是想到蜜桃冰茶，我就會吐。

「登——登！」潔德說完，忍不住咯咯笑了起來。

喔，不。情況比我想像的還糟。

42 現今

大約十分鐘後，貝克醫生和雷夢娜走出瑪麗的房間，看起來疲倦不已。雷夢娜的髮髻差不多快散開，貝克醫生的前臂上則有一道長長的紅色抓痕。

「天啊。」貝克醫生說。「這是她狀況最糟的一次。」

我盯著瑪麗房間那扇緊閉的門。「她還好嗎？」

貝克醫生點頭。「謝天謝地，她總算冷靜下來了。我想她今晚應該不會再鬧事了。但從明天開始，她睡前服用的抗精神病藥應該要加高劑量。我們可不想再來一次那樣的戲碼了。」

我咬著下嘴唇。「我該不該去看看她？我們之前聊了滿多的，她信任我。」

「別去吵她。」雷夢娜說。「她就快睡著了。」

「可是——」

「我知道你急著想幫忙，艾咪。」貝克醫生說。「但病人像這樣發作時，跟他們講道理是沒用的。她連你是誰都不會知道。」

他錯了。她在人群中看到我，還大叫我的名字。她很清楚知道我是誰。

雷夢娜撿起地上的鋼製棒針拿高。「天啊，我以為她要用這玩意兒刺我的眼睛。這不是我們批准她使用的兒童安全棒針。她到底是從哪裡拿到這東西的？」

瑪麗竟然有辦法弄到真正的棒針還偷偷換掉，這我一點也不意外。她很聰明，可惜最後沒有奏效。

貝克醫生很快寫了一張紙條塞進病歷裡，接著就返回他的辦公室，留下我和雷夢娜兩個人。雷夢娜打開瑪麗的病歷，正在記錄她自己的東西。

「雷夢娜，」我說。「我能問你一個問題嗎？」

「你問吧。」她頭也沒抬地說。

「D病房的病人之中……有沒有情侶？」

這次，她停止書寫，抬頭看我。「你在問有沒有人搞在一起嗎？」

「呃……」我看向走廊對面，905和906號房就在隔壁而已。要臨時約炮，這個距離非常完美。「我只是好奇卡本特和舒菲爾德……」

「喔！」她大笑。「對，那兩個人肯定是一對。」

哇。潔德當著我的面說謊。好吧，嚴格來說，她沒有說謊，但她省略了一個非常重要的訊息。她甚至提議我和卡麥隆跟她和她「男朋友」一起出去，結果連她男朋友是誰都沒講。

依我的了解，八成是潔德要他把書挖一個洞，把藥藏在裡面的。

當然，威爾也說了謊。當初訪問他的時候，我明明有問到他的感情狀況，他卻告訴我他目前沒有交往的對象。現在不是我跟女人交往的理想時機。我必須先把自己照顧好。

他們都不想讓我知道他們在一起的事情。

我記得我在威爾的房間跟他說話時，他看起來好像有話想告訴我。現在我終於知道了。可是他為什麼要隱瞞我呢？

只有一件事我很確定：

這肯定是潔德的主意。

43

回頭繼續睡是不可能了，我乾脆去把答案找出來。

我大步走向潔德的房間，用手掌用力敲門。我敲了好幾次，潔德才總算把門打開。她的臉上帶著戲謔的表情。我盡量不去想像鏡子裡的我看起來有多狼狽。

「你好啊，艾咪。」她說。「什麼風把你吹來了？」

我問也沒問就把她推開，兀自進入她的房間，結果還是她幫我把門關上。她還是那副似笑非笑的德性，不過臉上的妝大部分都掉光了。

「你沒告訴我威爾是你的男朋友。」我說。

有那麼一會兒，她站在原地，震驚無語。接著，她放聲大笑，頭向後仰，我都能看見她臼齒補過的痕跡。潔德每次去看牙醫都有牙齒要補。「喔，艾咪——」

「別想否認。」我兩手扠腰。「他就是你男朋友，對不對？」

她微微一笑，聳了個肩。「我能說什麼呢？你發現了我的小秘密。想想如果我們真的一起帶男朋友出來玩，結果我帶了他出現會有多好笑。」

我臉一皺。「是啊，好笑。」

「而且他很帥，對吧？」

「他有心事。」我皺眉。「威爾不吃藥——這是你搞的鬼嗎？」

她聳聳肩。「他為什麼要吃藥？他沒吃藥有趣多了。」

「所以讓他一直聽見那些叫他去殺人的聲音比較好嗎？」

「喔，拜託！他才不會真的去殺人。」

「你不能保證。」

事實上，現在知道威爾沒有吃藥抑制他的幻覺後，我很難再用以前的眼光看他了。沒了那些藥，他會做出什麼事？他跟我說他聽見卡麥隆尖叫，然後卡麥隆就消失了。但我無法完全相信他所說的任何話。

萬一讓卡麥隆消失的人就是他呢？

「你在威爾身邊最好小心點。」我說。「有幻聽的人……你不能相信那種人。」

「你最清楚了，對吧？」

潔德凝視著我，嘴角仍帶著那抹戲謔的笑。她根本就不會聽我的話。十六歲的時候不聽，現在也不會聽。潔德從來不想接受別人的幫助。她從來不承認自己有問題，這也是她不想好起來的原因。

「我認為威爾可能非常危險。」我說。「我認為今晚我們所有人可能都有麻煩。但如果你不想聽，那是你的自由。」

剎那間，潔德鎮定的態度瓦解了。「你……你真的覺得他可能很危險？」

「真的。」

她看起來在思考。「我不相信。」

「在他身邊小心點就對了，潔德。」我說。「好嗎？」

她低下頭。「你該走了，艾咪。」

雖然我很擔心潔德，我還是聽從她的要求離開了。畢竟，我現在是說服不了她的。

她最終會明白我是對的。

我只希望她能及時明白，不至於丟了小命。

44

距離天亮還有：三小時。

「你想瑪麗還好嗎？」我問雷夢娜。她拿著雜誌回到護理站，開始翻閱。她看的那一頁有一張滿版照片，是一位二十幾歲的男子，帥到不行。這也證明了我過去兩年花了多少時間在念書，因為我竟然完全不知道這個有名的大帥哥是誰。

「她在睡覺。」雷夢娜說。「別吵她。你想讓她再鬧一次嗎？」

我在她旁邊走來走去。「不想，但我們給了她那麼多安定文，不應該去看一下她的狀況嗎？」

安定文是一種鎮定劑。我記得藥理學的課堂上講過，那種藥可能引發呼吸窘迫——意思是可能導致人停止呼吸——尤其是老年人。學習卡上面有寫。搞不好瑪麗現在在裡面已經停止呼吸了。

「她沒事的。」雷夢娜用力瞪我一眼。「貝克醫師交代過了，不能去吵她。你可不想又把她給激怒，逼我們不得不再給她更多安文定對吧？」

不，我當然不想。但我還是可以去看看她，確認她還有沒有呼吸。我甚至不必吵醒她。我只要進去，親眼目睹她的胸口上下起伏，然後就離開。

但雷夢娜正看著我，好像不希望我這麼做。

「好吧。」最後我說。「我還是再回去睡個覺好了。」

「去吧。」

我走回員工休息室的路上突然意識到，如果不去看看瑪麗的狀況，我可能永遠不能原諒自己。我真的喜歡瑪麗，我希望她能活到早上。所以我決定要去看看她，不管雷夢娜同不同意。不過我不能讓雷夢娜發現。我已經給她和貝克醫生添夠多麻煩了。我再犯一次錯，就準備見院長了。我得偷偷來才行。

我繼續繞著病房走，特別選了不會經過護理站的那條路。我走啊走，最後來到912號房。瑪麗的房間。

我只要進去一下子，確認她還有呼吸，就馬上閃人。

我盡可能輕輕壓下門把。門打開一條縫，裡頭一片漆黑。我盡量放低聲音，安靜溜進房間。

瑪麗蓋著被子躺在床上。但被子好多，很難看得清楚她有沒有在呼吸。我躡手躡腳走進房間來到床邊。我伸長脖子，低頭看向瑪麗，然後……

她不在床上。

搞什麼？

我也不管安不安靜了，直接拉掉床上的被子。我剛剛在床上看到的隆起物，原來是瑪麗一直在織的圍巾。圍巾放在床上，看起來就像一個女人在睡覺。

「瑪麗？」我叫道。

沒有回應。

浴室門微微打開，裡面一片漆黑，看樣子她應該不在裡面，但我還是去看了。我搜遍浴室，連洗手台底下都看了，好像她躲得進去一樣。但她不在浴室，到處都找不到她。

我走出浴室時，心跳得好快。接著我發現瑪麗房門口有一個人影，心跳得更厲害了。有個男人站在那裡，等待我從浴室出來。我一出來，他就關上門，把我們兩個一起關在房裡。

是威爾。

45

「別過來，威爾。我認真的。」

威爾的眼睛在昏暗的月光下有如兩個黑洞。儘管我已經出聲警告，他還是朝我前進一步。我往後退，結果撞上浴室的門。

「威爾……」我說。「你對她做了什麼？你對瑪麗做了什麼？」

他突然停下腳步，看向瑪麗的床，接著皺眉。「我做了什麼？你在說什麼啊？你以為我做了什麼？」

「我不知道。」我的聲音沙啞，氣喘吁吁。「你很明顯對瑪麗做了什麼。還有……還有卡麥隆……還有米高……」

「我？」他抓住胸口。「你在開玩笑嗎？我來這裡找你，是因為我不知道到底發生了什麼事。為什麼你會覺得是我做的？」

他又前進一步，我沿著牆壁往窗邊挪動。也不是說我打算從九樓的窗戶逃走，只是這麼做讓我覺得比較有安全感。「所有的事我都知道了，威爾。」

「所有的事？」他一臉莫名其妙地看著我。「你知道什麼？我不懂。」他見我的雙手抖個不停，忍不住皺眉。「你可以冷靜點嗎？我不是來這裡傷害你的，天啊。」

最好是。「我知道你和潔德的關係。我知道她是你的女朋友。你對我說謊。」

他的下巴看起來快掉了。「我和潔德？你說905號房的那個瘋女人？你以為她是我女朋友？」

「別騙了。」

「我沒有！」他一手放在心臟的位置。「我用我的生命發誓，潔德不是我的女朋友。我根本不認識她！」

「那為什麼我們剛剛在走廊上的時候，她把手放在你的肩膀上？」

他皺眉。「她因為瑪麗的事情看起來很難過。我總不能把她推開吧？」

「我還看見你走進她的房間……」

「我向你保證，從來沒有這種事。」他說。「潔德是……她是最好要敬而遠之的那種人。所以我一直都是這麼做的。我連她姓什麼都不知道。我發誓。」

威爾的雙眼在鏡片後方看起來瘋狂卻真誠。他看起來真的像在說實話。

「我很抱歉。」我說。「只是你之前在吃藥這件事上說謊，所以我真的很難相信你。你想想，院方開的那些抗精神病藥物你一顆都沒吃。我要怎麼相信你？」

「聽著，我不吃藥是因為我不需要吃藥。」

「喔，真的嗎？你覺得你有幻聽不需要治療嗎？」

「對，我不需要。」他堅定地說。「因為……我沒有幻聽。」

我嗤鼻一笑。「我懂了。所以那些聲音就這樣自己消失了，是嗎？」

「不是的，我……」他舔舔嘴唇，接著深吸一口氣，謹慎權衡接下來要說的話。「那些聲音從未消失，因為我打從一開始就沒有幻聽。我……我在說謊。」

很好，這真是我完全沒料到的話。「你說什麼？」

「我說謊，好嗎？」他抓抓鬍碴。「我看了很多資料，研究精神分裂症患者應該有哪些行為。然後我到急診室照本宣科，他們就把我送來這裡了。」

我瞪著他看。「你為什麼要做這種事？你瘋了嗎？」

「不，我沒瘋。這就是整件事的重點。」他壓低音量，我很費力才能聽清楚。「事情是這樣的。我不是Uber司機。我是一名記者。D病房有個以前的病人跑來找我，跟我說這裡的病人受到不當對待。但你也知道，這邊很多病人的話都不可靠，我不想刊登一堆病人的胡言亂語。所以我想，要報導這件事，最好的方法就是親自下海，獲取第一手資料。」

我張大了嘴，但不知道該說什麼。他謊稱自己有精神分裂症？這實在……我不知道該怎麼形容。

「再過幾天，我打算說那些聲音已經消失了。」他說。「就說我吃了一些非法藥丸引起那些症狀，現在已經沒事了。總之，這就是我的計畫。但目前為止沒有我想像的那麼順利。」

「你也知道喔？」

「今晚之前，我就已經有不少問題可以寫進報導裡了。」他回頭看向瑪麗仍然緊閉的房門。「這裡的隔離病房……我不確定是否合乎道德。他們起碼要在門上開個窗，讓護理人員可以定期查看病人的狀況。我是沒親眼看到，但是你應該有聽到那個戴蒙．索耶被關進去的時候，叫得有多慘。米高也尖叫著要出來……至少，直到……」

我在月光下端詳他的表情。我能相信他跟我說的話嗎？這個故事聽起來實在瘋狂。誰會為了寫一篇報導，假裝自己有幻聽？

「我當然不想把我的真實身分告訴任何人。」威爾說。「可是我已經受夠了。先是卡麥隆失蹤，接著是地上的血，現在連瑪麗也……」他雙肩一聳。「嗯，妳是這裡我唯一信任的人。」

「這我不敢說。」我喃喃地說。

「我懂、我懂。」他嘆口氣。「真希望這裡連得上網路，這樣我就能上網，向你證明我的身分。威爾．舒菲爾德。我替《每日紀事報》寫稿，已經兩年了。我的夢想是進《紐約時報》工作，但你不可能靠寫些沒營養的文章達成這個目標。」

「所以你假裝自己有精神分裂症？」

他沉重地往床上一坐。「我當然希望我沒這麼做。我現在就在為此付出代價。艾咪，你得知道D病房現在有非常糟糕的事情正在發生。」

這點他說對了。今晚這裡確實發生了很可怕的事。我不知道是什麼，但我開始擔心自己可能無法在這裡撐過今晚。我不確定卡麥隆是否還活著。

「你不相信雷夢娜？」我問。

「完全不相信。我是說，草莓果醬？我們都知道那是血。」

他說得沒錯。在所有我交談過的人當中，只有他願意承認那些血並不是幻覺。「那貝克醫生呢？」

他愣了一下。「我不確定。但無論如何，他覺得今晚這裡毫無異狀。所以他也幫不上忙。」

「先假設我決定相信你好了。」我說。「那我們該怎麼做？」

「我們要做的很簡單。」他的眼白在月光下閃閃發亮。「我們要活過這個晚上。」

46

威爾說，想要活過今晚，唯一方法就是待在一起。他的理由是，我們只要不落單，就會比較安全。

我還是不太確定自己是否相信他。但話說回來，他主要的計畫就只是回他房間，然後讀約翰·厄文的書度過剩下的夜晚。這種計畫聽起來我就滿能接受的。

「我還是不敢相信你竟然把你那本《蓋普眼中的世界》挖了個洞。」我們回到他房間時我說。「真是目不忍睹。」

「我知道。」他拉下臉。「可是我別無選擇。我試過吃下那些藥——你知道的，為了真實度——但吃了藥，我沒辦法好好思考。」

潔德總是抱怨服用那些抗精神病藥物有多痛苦。我並沒有覺得她在編故事，但我漸漸明白她過去八年經歷了什麼。明白她的疾病讓她的生活多困難。不過我還是搞不懂她為什麼要騙說威爾是她的男朋友。

「話說回來，」我說。「你跟我說那些關於你自己的事，有哪一句是真的嗎？」

「當然有。最好的謊言就是越接近事實越好。」

「比方說？」

「嗯，」他若有所思地說。「我以前剛開始做那份電子報的爛工作時，真的開過Uber，當時的薪水如果不兼職根本活不下去。我也確實獨居，確實是單身。約翰・厄文也真的是我最喜歡的作家。」

「你看過他全部的作品嗎？」我已經把他床頭櫃上的那堆書翻過一遍，裡面還包括了《寡居的一年》跟《神秘大道》。

「當然了。」他敲敲鏡框。「不喜歡看書可戴不了那麼厚的鏡片。」

「我也很愛看書。」我翻著他那本書角都快翻爛的《一路上有你》。「以前學校老師叫我們讀什麼書，我總是兩天就讀完了，即使老師只要求我們讀兩章。」

「這表示你是個書呆子。」他說。「而我，是個叛逆的書蟲。每次老師在台上教課的時候，我都會在桌子底下偷看書。我甚至因為看書而被留校察看。我老師總是說：『威爾，把書收起來！』」

儘管發生了這麼多事，我還是忍不住笑了出來。「你說得對。我從來就不是一個叛逆的書蟲。」

「所以我從小就知道我想要找跟寫作有關的工作。」他想了想說。「每次讀到很棒的作品，就會激發我想寫作的念頭。」

他眼中的熱情是騙不了人的。他完全是在說實話。我敢用我的生命打賭。「威爾，跟我說實話。你覺得這裡到底發生了什麼事？」

他的褐色眼睛在眼鏡後方變得黯淡。「說實話？我不知道。但有件事我很肯定。索耶來到這裡至今，一直是個麻煩人物。他們把他關進隔離病房之前，就已經把他跟其他人隔開。另外，自從他們把索耶關進一號隔離病房開始，我經常聽見裡頭傳來很大聲的噪音。但停電過後——什麼聲音都沒有了。」

「所以……？」

「我想他肯定是跑出來了。」他打了個哆嗦。「停電的時候，門鎖想必也失效了。他就趁這個機會逃了出來。」

我一手摀住嘴巴。「真的嗎？」

「但願我是錯的。因為就我聽說，那傢伙的精神狀況真的很不正常。」

我閉上雙眼，彷彿可以聽見瑪麗．康明斯在高聲叫著他的名字。**戴蒙．索耶要殺了你們所有人！**以及蜘蛛丹口口聲聲說索耶來找過他，說他要傷害我。

他為什麼想要傷害我呢？

我忍不住抖了一下。

「別擔心。」威爾握住我的手。「我絕對不會讓他接近你的。就像我說過的，只要我們待在一起就不會有事。很快就天亮了。」

我多想相信他。我想起傍晚剛進入威爾房間時對他的第一印象。雖然他有病，我還是覺得他看起來像個很正常的好人。一個可愛的傢伙。如果他開口約我吃飯，我可能會答應的那種。但人不可貌相。

我能相信他嗎？

「別擔心。」威爾輕輕捏我的手，又說了一遍。「我不會讓任何事情發生的。」

但我有種不好的預感，威爾保護不了我，他阻止不了戴蒙．索耶。沒有人可以。

就像我十六歲的時候，沒有人可以保護我，阻止我去傷害自己一樣。

47

八年前

我的眼睛完全離不開在這個小廚房中間被膠帶綁在椅子上的男人。他的手腳被灰色膠帶纏得很緊，嘴巴也貼了一塊。他滿臉大汗，其中一個眼睛腫得張不開。他的頭皮上有血，與蓋過他禿頭的幾根頭髮黏在一起。

「萊爾登老師。」我輕聲說。

萊爾登老師聽見自己的名字，立刻發出呻吟。他把另一個沒有腫到張不開的眼睛移到我的方向，眼白佈有血絲。他的眼神充滿絕望和無助。

「他連門都沒鎖！」潔德興高采烈地說。「我是說，誰會不鎖家裡的門啊？這實在太簡單了。當然，這裡只有一堆廢物，沒什麼好偷的。他可能希望有人會闖進他家，然後，不知道欸，幫他打掃家裡之類的。」她咯咯一笑。「你是這麼打算的嗎，萊爾登老師？」

他沒有回答，於是潔德用她的馬丁靴踢他的小腿。他痛得大聲呻吟。

「潔德，你做了什麼？」我勉強擠出聲音。

她開心一笑，彷彿距離我們半公尺外沒有一個渾身是血的男人被綁在那裡。「我只是告訴他如果他不照我說的話做，我就要刺瞎他的眼睛。在那之後，他真的很配合。」

「你不會真的以為這麼做可以解決任何事吧。」我哽咽地說。「我是說，等你放他走之後，我們就有更多麻煩了。」

「沒錯。」她點頭。「所以我們不會放他走。我們要殺了他。」

聽到潔德的話，萊爾登老師那個沒受傷的眼睛突然瞪得大大的。他開始拚命想要掙脫膠帶，但沒什麼用。整個舉動只是逗得潔德捧腹大笑。

「我們會把現場弄得像遭小偷。」她環顧廚房，眼睛掃視著每個檯面。「嗯，我們不必拿走太多東西，只要稍微弄亂就好。記得別碰任何你不會帶走的東西，知道嗎？我們得小心不能留下指紋。」

「潔德……」

「反正又不會有人想念他。我不認為他有朋友，他也肯定沒有女朋友。」

夠了。我不能讓潔德以為這件事真的會發生。不管是什麼情況，我們都絕對不會殺人。我抓著她的手臂，把她拉到一邊。「這真的很蠢，潔德。我們不會殺人的。」

「以你這種態度當然不行。」

「潔德！」我偷看一眼萊爾登老師，他現在掙扎得更厲害了。但潔德把他綁得又緊又牢。儘管他過去對我很壞，但看到潔德把他弄成這副德性讓我好想哭。「別鬧了，你車就停在外面。我們會被抓的。就算沒被抓，我也不會殺任何人。想都別想。」

「最好是。」她嗤鼻一笑。「你不也說過你不會作弊？但你還是偷看那份考卷了，不是嗎？」

她說得有道理。「那不一樣。這真的很糟，潔德。你要是以為我會幫你殺人，你就真的是瘋了。」

潔德精心修剪的眉毛一下子豎起。「這個嘛，我不會是唯一的瘋子，對吧？」

那瞬間，時間彷彿靜止了。我盯著她，她的話在我耳邊迴盪。「什麼？」

「別以為我不知道。」她對著我的耳朵輕聲說。「我知道你走到哪裡都一直看見的那個小女孩。你一天到晚都在說她。你有看見她嗎，潔德？沒人看得見她，艾咪。除了你，沒人看得見。」

我張嘴想說話，卻只發出一記尖銳的怪聲。

「根本沒有什麼小女孩，艾咪。」她說。「你以為你多優秀，結果你比我還瘋。如果你不幫我，我就要告訴所有人。」

不，不行。

「你覺得你會有什麼下場？」她對我冷冷一笑。「你覺得當他們知道你看得見不存在的東西時，他們會怎麼處置你？」

我右邊太陽穴那隱隱作痛的感覺，已經變成電鑽般的劇痛。我用力閉了一下眼睛，再睜開的時候，我發現我們不再是兩個人。廚房裡多了一位客人。

是那個穿著粉紅色洋裝的小女孩。

「艾咪……」小女孩呼喊著我的名字。我想衝過去扭斷她的脖子，但她不是真的。「艾咪……」

我轉向小女孩的方向。「閉嘴。」我對她說。

「艾咪，她說得對。」小女孩用她稚嫩的童音說起話來。「你必須殺了他。這是唯一的辦法。」

「不行……」我低聲說。

她對我微笑，仰起她的鵝蛋臉看著我。「殺了他，艾咪。」

「閉嘴！」我尖叫道。

我突如其來的脾氣，把潔德嚇得退後一步。萊爾登老師也安靜下來，不再想要掙脫膠帶。我往角落一看，那個小女孩又消失了。

「艾咪。」潔德說著，伸手試圖碰我的肩膀。

「別碰我。」我聲音嘶啞地說。

「艾咪，這是唯一的辦法。你也看得出來，不是嗎？你不希望那個王八蛋毀了我們的生活，對吧？」

我發現自己在搖頭。不，我不希望。

「那就對了。」潔德走到廚房流理台前，拿起一把早已染上血的切肉刀。「你想動手，還是我來？」

那一刻，我知道我的人生再也不會跟從前一樣了。

48 現今

距離天亮還有：二小時。

我沒有動手。

我沒有動手殺死我的數學老師。想也知道。

我也沒有讓潔德動手。當初她把切肉刀遞給我的時候，我跑出萊爾登老師的房子，來到大街上。我攔下一輛車回到我家，找到我媽媽，哭著把所有事情告訴她。

嗯，不算所有事情。我沒有跟她說那個金髮小女孩的事。但小女孩在那件事之後就消失了。我再也沒有看見她。我再也沒有看見任何不存在的東西。

直到今天晚上。

不，這麼說不對。地上的血是真實存在的。威爾也看見了。

我媽報警後，及時救出萊爾登老師，謝天謝地。潔德接受了精神鑑定，診斷出患有躁鬱症。也是因為這樣，她才沒有以綁架和謀殺未遂的罪名被起訴。再次見到她的時候，她就已在這裡，在D病房。她被注射大量鋰鹽，躺在一張凌亂的病床上，凝視著天花板，目光空洞。

我試圖跟她說話。我因為出賣她向她道歉，然後解釋我是為她好才這麼做的。我想幫助她。我滔滔不絕說了快一個小時，她卻隻字不語。看到自己最好的朋友因為注射藥物而變得像殭屍一樣，真的很難過。

至少一開始我是怪那些藥。但後來我準備離開前，潔德總算把頭轉向我的方向。她眼中的恨意藏也藏不住。

我永遠不會原諒你，她對我說。永遠不會。

即便如此，我還是傻傻相信她會釋懷。我和潔德吵過架，但總是會和好。後來我又來了幾次，但多數時間她都不發一語。最後一次來看她時，她從床上坐起來，那雙佈滿黑眼圈的眼睛滿是憎恨。

艾咪，如果你再來這裡一次，我就殺了你。

那是我最後一次探望潔德。

但現在坐在威爾的房間裡，我盡量不去想那些事，我想專心看書——這以前對我來說是很簡單的。

過去兩年，我一直沒空玩樂。大多時間都在研讀克氏循環，背一大堆藥理學的學習卡，以及研究腹腔神經叢那些複雜的細節。當然，我偶爾跟卡麥隆約會。但我總是會騰出時間看書。每次拿起一本書，就像一種逃離。有那麼一兩個小時，我可以成為書中世界的一分子，而不是我那無聊的現實世界。

不過，現在要逃離我周遭的世界並不容易。門外很有可能徘徊著一個精神失常的男子。但威爾就坐在床上看書，我也坐在他旁邊的椅子上看著書。每隔五到六分鐘，我們就會抬頭確認一切安好。待在這個房間裡，看著這本書，彷彿一切真的都會沒事。畢竟，只剩幾個鐘頭就要天亮了。

就在這時，一陣敲門聲傳來。

威爾一下子睜大眼睛。他看向房門，再看看我。他把食指放在嘴邊，然後大喊：「我沒穿衣服！等等再過來！」

潔德的聲音從門底飄進來。「威爾，我知道艾咪在裡面。我要進去了。」

門突然打開，我嚇得倒抽一口氣。潔德探頭進來，我們的眼睛在房間的另一邊對上了。

「艾咪。」她說。「我們可以聊聊嗎？」

我把書放在大腿上，但沒有從椅子上站起來。「當然可以。你說吧。」

「外面說好嗎？」

威爾斷然搖頭。「我寧可在這裡說。」我說。

潔德皺眉。她的表情讓我覺得有點不太對勁。她看起來不像平常那個自以為是的樣子。她看起來居然……

很害怕。

「艾咪，拜託。」她說。「一下子就好。」

威爾仍在搖頭，但說真的，我還是沒辦法完全相信他。畢竟，我認識潔德一輩子了，而認識他還不到二十四小時。沒錯，直覺告訴我我可以相信威爾，但我的直覺也不是每次都那麼準。想想我跟卡麥隆交往過就知道了。

「我馬上回來。」我告訴威爾。「給我五分鐘。」

他看著潔德，又轉過來看我，眼神帶著防備。「就五分鐘。」

我靜靜走出房間，把書留在椅子上。我剛出去，潔德就關上威爾的房門。她不想讓他聽見她準備跟我說的話。

我們離開房間後，潔德立刻抓起我的手臂，把我拉到護理站，雷夢娜在那裡等著。兩人臉上帶著同樣擔憂的表情。

「你沒事吧？」雷夢娜問我。「他有傷害你嗎？」

「沒有，當然沒有。」我說。

「我好擔心啊！」潔德緊握著雙手，更讓我嚇一跳的是，她的眼淚掉了下來。「我到處都找不到你，後來知道你和他在一起的時候，我好怕他會對你做出不好的事。」

「完全沒有。」我嚴肅地看她一眼。「他倒是告訴我，你們兩個其實沒在交往。」

潔德眨著睫毛。「他這麼說？真的假的？」

「真的……」

潔德伸出雙手，把我的手牽起來。「我和威爾交往了三年。我對天發誓。我不懂他為什麼要說那種話。嗯，我其實可以理解，他一直都是個愛說謊的控制狂。他還跟你胡說八道了些什麼？」

我張開嘴巴，但不確定該說什麼。威爾跟我說了很多，但感覺都不像謊言。

「他喜歡幫自己捏造一些看起來很重要的工作。」潔德說。「像是他是一名機長啦，或老師，或是記者，但在我們交往期間，他唯一做過的事就是偶爾開開Uber，大部分的時間甚至都沒去做。他爸媽一直有給他生活費，否則他早就淪落街頭了。」

我能做的只有搖頭。

「你不會相信他吧？」潔德輕捏我的手。「如果你相信他，也不用覺得丟臉。天啊，我無法告訴你這些年來我被他騙了多少次。但是跟你聊完之後，我才第一次開始擔心他可能很危險。」

「我……我不知道他是不是……」我結結巴巴地說。

「你怎麼會這麼說？」潔德激動地說。「是你說服我的耶！是你說他今晚在這裡做了一些很可怕的事。所以我才跑去找雷夢娜，把一切都告訴她。」

「我不覺得他做了什麼可怕的事。」我說。「他……我們認為戴蒙．索耶從隔離病房逃出來了……」

「索耶先生還在一號隔離病房裡。」雷夢娜說。「我二十分鐘前去看過他。他睡得很熟。」

我想起我問威爾是否可以相信雷夢娜的時候，他給我的答案。完全不相信。

但如果我不能相信他，一切都沒有意義了。

「威爾有必要的時候，真的是舌粲蓮花。」潔德說。「就算你被騙了也不必難過。」

「你不懂。」我在她們之間看來看去。「威爾不危險。我知道我跟你說過那些話，潔德，可是——」

「艾咪。」雷夢娜打斷我。「有樣東西你得看一下。」

我跟威爾說我五分鐘內就會回去，但我不確定我是否趕得回去。儘管如此，我還是得看看雷夢娜想要給我看什麼。然而，在我意識到她要帶我去哪裡時，我的胃裡湧起一股不舒服的感覺。

瑪麗的房間。

「她發作後沒多久，我看見他從瑪麗的房間溜出來。」雷夢娜告訴我。「結果晚些時候我進來查看她的狀況時，發現了這個。」

她打開912號房的門。這裡跟我早先進來時看到的差不多。瑪麗不見蹤影，被子仍在床上，圍巾擺成像是人形的模樣。但接著，雷夢娜把燈打開。

我的天啊。

整張床上都是血。先前燈關著，我根本沒看見。

我用雙手摀住嘴巴，以為自己要吐了。我彎下腰，有點想吐——幸好今天晚餐沒吃太多。

潔德把手放在我的背上，畫圈按摩，這多少有效，但也說不上真的有效。這個節骨眼，唯一有效的就是趕快離開這裡。

我挺胸站好，別過臉，這樣就不用看見瑪麗床上那麼多的血。我不知道她怎麼了，但她絕對不可能沒事。那些血把床單都浸濕了。

「她在哪裡？」我喘著氣說。

「她在一間乾淨的空病房躺著。」雷夢娜說。「她會沒事的，謝天謝地，但她告訴我們威爾拿武器攻擊她。」

我鬆了一口氣，至少瑪麗沒事就好。我還是不敢相信威爾會對她做出這種事，但我也不認為瑪麗會扯這種謊。

「威爾一直以來都有點不正常。」潔德輕聲說。「但我怕他現在真的失控了。我怕他接下來會做的事。」

「我們必須把這件事告訴貝克醫生。」雷夢娜接著說。「我們得確保威爾不會再傷害任何人。」

雷夢娜和潔德一起看著我，等著聽我要說什麼。五分鐘前，我相信威爾。我根本不認識他，就相信他了。如今我才知道他騙了我。從頭到尾，他都把我耍得團團轉。

我用手背擦擦嘴唇。「你們要我怎麼做？」

49

我回到威爾的房間，他把《一路上有你》放到一邊，抬頭看我。「超過五分鐘了。」

「我知道，抱歉。」

他緊抿著唇。「她們跟你說了什麼？」

我已經料到他會問我這個問題。我必須謹慎回答。「發生了那麼多事，她覺得很不安。她只是想找我聊聊。」

「就這樣？」

「就這樣。」

他瞇眼看我。他的病歷上寫他患有精神分裂症，但他一直說那是騙人的，說他是裝的。但現在想想，自從我們來到這裡，他做的或說的都非常疑神疑鬼。他編造了一整套陰謀論。而事實上，他才是最可疑的人。

「你的手在抖。」他注意到。

「你很驚訝嗎？」我反駁道，一邊努力控制住我顫抖的雙手。這並不容易。「畢竟發生了那麼多事……」

「是沒錯，但你出去跟潔德說話前沒有在抖啊。」他跳下床，與我保持一定的距離。「你和她說了什麼？跟我說實話。」

「我說了。」

「我不相信你。」他扯著破T恤的下襬，換他的雙手在抖了。「聽著，我知道這整件事很瘋狂，但我向你發誓，艾咪。我跟你說的一切都是實話。」

我不知道該怎麼回應。反正也不是真的。從我們說話的那一刻起，他就在對我說謊。他也心知肚明。

「你一定要相信我。」他的眼睛睜得好大。「我需要你站在我這邊。我不能相信其他人。如果我們不團結起來……」

他的房間傳來敲門聲。我們都嚇一跳，轉頭看門。沒等回應，門就打開了。貝克醫生和雷夢娜站在門邊，雷夢娜的手術褲口袋裡露出一根針筒。

「哈囉，威爾。」貝克醫生說。「有空聊一下嗎？」

威爾的臉頓時失去血色。他背靠著牆。「喔，不。不。」

「威爾……」貝克醫生走進房裡，表情充滿擔憂。「你沒有理由害怕。」

「拜託。」威爾說。「我……我不想惹麻煩……」

「有點太遲了。」雷夢娜嘖嘖地說。

貝克醫生走到威爾堆滿書本的床頭櫃前。他在書堆中翻找，找到《蓋普眼中的世界》，把書翻開。他皺眉看著挖空的洞，以及藏在裡面的藥。

「喔，威爾。」他喃喃地說。「我真的非常失望。你不想好起來嗎？」

「我沒事。」威爾侷促不安。「真的。我……那些聲音自己消失了。我再也沒聽見那些聲音了。所以我沒事。」

貝克醫生把頭歪到一邊。「那瑪麗．康明斯是怎麼回事，威爾？」

威爾張大了嘴，搖了搖頭。他看起來就快暈倒了。

「我們不必現在談。」貝克醫生說。「但天亮後，警方會趕到這裡，相信我，我們一定會查個清楚。與此同時，我們必須確定你不會傷害其他人。」

「我絕對不會……」威爾哽咽地說。

「我們沒辦法完全相信你的話，威爾。」雷夢娜說。

就在這時，威爾看見她口袋裡的針筒，表情立刻恐慌起來。他看向窗戶，想知道有沒有可能從九樓逃走，就跟我在瑪麗房間做過的那樣。但他跟我一樣，知道那是沒用的。

「艾咪。」他轉而向我求助，就像瑪麗被送進房間前最後幾分鐘那樣。這個似曾相識的景象讓我突然覺得很不舒服。「拜託告訴他們。我沒有傷害瑪麗。我沒有傷害任何人。快告訴他們。」

我默不作聲。

貝克醫生朝雷夢娜點點頭，兩人一同靠近他。貝克醫生抓他的右手，雷夢娜抓左手。威爾拚命掙扎，但在他們的合力之下，還是成功把他制服在地。就算他們已經把他壓住了，他還是在尖叫掙扎。

「這只是一種溫和的鎮定劑，威爾。」貝克醫生咕噥著說。「如果你可以乖乖不動，事情就簡單多了。」

他們兩人必須合力才能制服他，這表示雷夢娜沒辦法拿起口袋裡的針筒。她回頭看我。「艾咪，你可以把針筒拿起來嗎？就直接打進他的三角肌。」

我的胃一沉。「你要我動手？」

「艾咪，不要！」威爾大叫說。「拜託！我什麼也沒做！你要相信我！」

這應該滿簡單的。雷夢娜的手術褲口袋露出一根針筒，我只要扎進他的上手臂就行了。有兩個人壓著他，所以應該不會太難。

但就在這時，我聽到後方傳來竊笑聲。

我轉過頭，發現潔德就站在門外。她把雙手交疊在胸前，嘴角掛著冷笑。我認識潔德很久了，我知道那個表情。

我這時才恍然大悟。她根本不怕威爾。她對我說謊。她對雷夢娜和貝克醫生說謊。她很享受眼前的景象。

「艾咪？」雷夢娜說。

我感覺喉嚨乾澀，用力嚥下一口口水。「我……我不覺得……」

「喔，老天啊。」雷夢娜不耐煩地說。她用膝蓋壓住威爾的手臂，然後用左手拿出針筒。接著，她用牙齒拔掉針頭的蓋子，把針頭扎進威爾的三角肌。

藥效沒有馬上發作，所以雷夢娜和貝克醫生必須繼續把他壓在地上。但慢慢地，他的身體不再抵抗。他停止了掙扎，癱軟在地。

「雷夢娜。」貝克醫生說。「請扶舒菲爾德先生回到床上。」

這時候，威爾的眼皮已經快閉上了，得靠她攙扶才能從地上爬起來，回到床上。就算他以前真的很危險，現在也不再有威脅了。但我不太確定他是不是真的危險過。

「艾咪。」威爾的聲音變得模糊不清。「不要……不要相信……」

雷夢娜一手放在我的肩上。「走吧，艾咪。讓他睡一會兒。」

她很堅持把我帶出房間，關上我們身後的門。我不禁想起當初瑪麗也發生一模一樣的情況。雷夢娜替她注射鎮定劑，然後我們就留她獨自一人在房間裡。如今她不見了，只剩床上的一灘血。

我把威爾害慘了。

而最糟糕的是，如今我已經完全沒有人可以信任。

50

貝克醫生獨自在護理站寫著威爾的病歷。他見我朝他走近，不禁皺眉。「抱歉你得親眼目睹那一切，艾咪。」他說。

「嗯。」我喃喃地說。

「今晚真是異常難熬。」他肩膀一沉。「請別以為每晚都是這樣。我不希望這次的經驗讓你對精神科這個領域反感。」

我勉強擠出微笑。「反正我本來就沒打算走精神科這條路，記得嗎？」

貝克醫生用筆敲打著病歷。「啊，是了。假裝有興趣的是你的同學卡麥隆。」

「貝克醫生。」我在他旁邊坐下。「卡麥隆是什麼時候在你的信箱裡留言的？他的口氣聽起來怎麼樣？」

「我跟你說過，他聽起來快哭了。我當時確實相信他家裡有急事。」他挑起一邊的眉毛。

「為什麼這麼問？」

「他聽起來很害怕嗎？」

貝克醫生聽完我的問題思考片刻。他看著威爾緊閉的房門，眼神變得黯淡，接著他轉向我。

「艾咪。」他輕聲說。「你聽過一種叫『雙人共病妄想症』的精神病嗎？」

「呃……沒有……」

「這也叫共享性精神病障礙。」他說。「簡單來說，就是兩個人一起相信一件虛假的事情，有時候還會一起出現幻覺。比方說，一對夫妻都相信他們家的狗會講英文。」

我對他眨眨眼。「喔，我想我沒有——」

「很不幸地，威爾設法讓你相信了他的某些妄想是真實存在的。」貝克醫生說。「但如果你仔細想想，就會明白他相信的一切全都不合理。他利用這些妄想去解釋一些無關緊要的小事，最後還拿來當作他自己使用暴力的藉口。」

我低頭看著我的雙手。「喔。」

「我擔心威爾的症狀比那天輪班同事跟我回報的還要糟糕。」他說。「考慮到我們懷疑他對瑪麗．康明斯做了不好的事，他真的應該被送到更嚴謹的機構，甚至是監獄。」

「了……了解。」

貝克醫生把一隻手放到我的肩膀上。「今天就快結束了。請盡量睡一下吧，我們會好好處理這一切的。別擔心威爾。他會得到他需要的精神治療，不管他願不願意。」

說完這些充滿智慧的話，他就把寫有「舒菲爾德」的病歷闔起來，放回架上，然後返回辦公室。

如果我說我想跟他回辦公室，躲在角落度過剩下的夜晚，不知他會作何感想。

結果，我被獨自留在護理站。潔德已經回她的房間，雷夢娜不知道跑去哪裡，威爾則是因為藥效而沉睡著。現在就只剩我一個人，還有那個從停電後很有可能一直在走廊遊蕩的瘋子。

戴蒙・索耶。

我閉上雙眼，回想我剛來的時候從那間病房聽到的聲音，那些從喉嚨發出來的可怕聲音，以及索耶一直用身體撞門，企圖把門撞倒的聲音，或是他拚命求我放他出去的聲音。然而，最恐怖的莫過於寂靜無聲。那傢伙不知怎地掙脫了手上的束帶。現在，他可能已經完全逃出隔離病房。

可是他人在哪裡呢？

我本以為戴蒙・索耶的病歷不在護理站，但現在我才發現他的病歷只是被推到角落。我剛來的時候沒理由看，因為我不相信我會見到他。如今，只有一探究竟才能知道我要對付的是什麼樣的人。

我得知道這傢伙做了什麼，讓他被關進這裡。我得知道他有什麼能耐。我得有辦法保護自己，尤其是現在威爾已經手無縛雞之力。

我拿起病歷時，雙手抖得好厲害，差點沒拿好掉在地上。我打開封面，翻到急診室的紀錄。和所有病歷一樣，他的病歷上也有一份剛入院時的紀錄。是在他進來那天晚上寫的，裡面詳細記載他會被關在這裡的原因，以及他的精神健康史。

我開始看，體內湧上一陣噁心感。我的天啊。真希望我一開始就看過這份病歷。

這徹徹底底改變了一切。

51

戴蒙．索耶今年三十二歲，有情感性精神分裂症的病史。情感性精神分裂症指的是精神分裂症加上一種情緒方面的疾病，以他的例子是躁鬱症。所以，索耶不僅有精神分裂症的症狀，像是會看到或聽到不存在的東西、胡思亂想、腦袋不清，同時也有躁鬱症的症狀。

我從來沒看過如此詳細的精神病史。瞌睡醫生的病人從未有過類似的病歷紀錄。

索耶的詳細病史一共有十頁，由各處傳真而來的文件彙整而成。我認真看著病歷，仔細讀過一字一句。我每翻一頁，就對這個關在隔離病房的男人有更深的了解，也明白為什麼這裡每個人都認為他極度危險。

戴蒙．索耶的家庭狀況很普通。他父親是商人，母親是家庭主婦。沒有任何遭受虐待或疏於照顧的紀錄，所以也無法解釋為什麼他很小的時候就診斷出有行為障礙這種病。

雖然不能上網，我的手機裡還是有幾個不需要網路就能使用的醫療應用程式。我查了一下精神科的App，上面說行為障礙是一種在孩童或青少年時期就會診斷出來的精神疾病，會頻繁出現偷竊、說謊和動手打人的行為。典型的反社會行為模式。

就索耶的例子，他非常喜歡玩火。

從十歲開始，索耶就因為縱火和打架鬧事而多次進出醫院。最後在十五歲那年，因為縱火導致「兩人死亡」。他聲稱是腦中的聲音叫他這麼做的，於是在接下來的四年裡關進了精神病院。

住院期間，除了行為障礙，他也診斷出患有情感性精神分裂症。你可能以為當有人縱火害死兩個人後，他們會被關上一輩子，但他竟然在十九歲那年被放出來，據說是因為藥物把他的病情控制得很穩定。二十多歲時，索耶的毒癮很嚴重。見過潔德母親用藥過量的問題後，我才知道有精神疾病的人也經常有藥物成癮的問題。索耶多次因為持有毒品和販毒的指控被捕，在監獄和精神病院之間來回進出。但好消息是，他不再縱火了。

至少，就眾人所知沒有了。

病歷上繼續提到索耶曾經犯過傷害罪，甚至有過殺人未遂的指控，但因為他漫長的精神病史，所有刑罰都改成送進精神病院治療。不過他顯然是非常危險的人物。在急診室裡，需要花上四個醫護人員才能壓住他。後來定期服藥後，他終於穩定下來，他們才覺得他可以送到D病房。

他們錯了。

但這些都不是最令我震驚的。最令我嚇得快心臟病發的，是這次戴蒙・索耶為什麼被送到急診室的經過。我讀到的時候，以為自己一定看錯了。這不可能是我所想的那樣。但每次讀到那些字，上面都寫著一模一樣的事情。

索耶當時跟他的女朋友在一起。兩人一起喝著啤酒，然後決定用啤酒瓶搶銀行一定超好笑。所以他們跑遍整個城鎮，用啤酒瓶指著銀行職員，要求他們把錢交出來。

潔德確實有男友。但她的男友不是威爾・舒菲爾德。他從來沒有聽到任何聲音，他只是為了實現自己成為《紐約時報》記者的夢想，做得太過頭了。

潔德的男友是戴蒙・索耶。

52

一切終於合理了。

停電期間，協助索耶逃離一號隔離病房的人就是潔德。今晚，她在各方面都一直偷偷幫助他，包括謊稱威爾是她的男友來誤導我們。我就這樣掉入她的圈套。

我啪一聲闔上封面，把病歷推開，彷彿那有毒似的。戴蒙．索耶，一個進出精神病院的次數多到數不清的人，現在正在D病房遊蕩。戴蒙．索耶，一個在急診室需要四名醫護人員才能制服的人。

天啊，我該怎麼辦？

我從椅子上起身，躡手躡腳來到走廊上。我左看右看，附近沒半個人。905號房的門是關著的，裡頭的燈也是暗的。我突然想到，索耶可能就躲在那個房間裡。說不定他一直都在那裡。

我們要活過這個晚上。

這是潔德說服我背叛威爾之前，他說過的睿智之言。他說得對。我不必跟戴蒙．索耶起衝突。我只需要活過這個晚上就行了。

我敲了906號房的門，但沒人大喊請進，我不意外。我又看了一下走廊，確定沒人，就自己開門進去了。

燈是暗的，但謝天謝地，威爾仍躺在床上。他沒有消失，沒有被血淋淋的床單取代。我靜靜走到床邊，他睡得很沉。我蹲下來，抓住他的肩膀，用力搖晃他。

「威爾！」我低聲說。「快醒醒！」

他動也沒動，但胸口上下起伏著，所以至少他還活著。

「威爾！」我用手掌按壓他的胸骨，醫學院教過我們這是喚醒極度嗜睡病人的方法。「你快醒醒啊。我們這裡出大事了。」

他呻吟一聲，但眼皮動也沒動。就算我想盡辦法稍微叫醒他了，也是無濟於事。雷夢娜已經弄得他徹底昏迷。他現在根本派不上用場。

我站起來。事到如今，我得仔細權衡我的選擇。但我的選擇並不多。

我無法離開D病房，沒人幫忙我做不到。剛開始值班還能使用的密碼如今已經失效。電話不通，電腦也當機了。我的手機收不到訊號。整層病房我唯一可以信任的人現在昏迷不醒。

我大概只剩一件事可以做了。我必須告訴貝克醫生現在的情況。我很肯定他一定會覺得我瘋了，誰知道這對我的醫學院生涯會有什麼影響。他已經懷疑我患有雙人共病妄想症了。但他畢竟是這裡的老大。如果我告訴他潔德在搞什麼鬼，而且有辦法說服他的話，他或許可以幫我。

這是我唯一的機會。

威爾在床上沉睡著，右手臂擱在額頭上。他仍戴著眼鏡，我幫他把眼鏡摘掉，放在他那疊書本旁邊的床頭櫃上。「別死。」我囑咐他。「我去找幫手。」

離開威爾的房間後，我繞過走廊來到貝克醫生的辦公室。我現在特別注意雷夢娜。除了潔德外，我最不信任她。趁貝克醫生發現之前把血跡清掉的人是她，她還口口聲聲說那是草莓果醬，但明明就不是。我不知道她的動機是什麼，但我不能相信她。

我抵達貝克醫生的辦公室時，很慶幸門縫底下的燈是亮的。至少我不必再把他吵醒一次。我敲門，一分鐘過後，他把門打開。

「艾咪。」他不是很高興見到我。事到如今，我不能怪他。如果他要幫我打分數，看樣子不會是A了。「這次又怎麼了？」

我走來這裡的途中，已經想好該怎麼說了。此時此刻，唯一讓他聽進去的方法是給他一些實質證據，而不是一些瘋狂的理論。「我現在很擔心萬一發生緊急情況，我們會有危險。」我說。

他皺眉。「是……」

「因為現在電話不通。」我指出這個問題。他無法反駁。「另外，你知道病房大門的密碼失效了嗎？我們被困在這裡了。」

他的臉色瞬間變得蒼白。「什麼？你確定嗎？」

我拚命點頭。「非常確定。雷夢娜沒有告訴你嗎？」

「她沒跟我說。」他默默咒罵一聲。「這不行，萬一失火了怎麼辦？」

「沒錯！我就是這麼說的！」

「密碼想必是在停電的時候重置了。」他說。「這種事之前就發生過一次。」

我感覺鬆了一口氣。總算有個有權力的人要出來處理事情了。「所以我們該怎麼辦？」

「我先去看看。」他微帶歉意笑了笑。「抱歉，我不是不相信你，只是……」

「沒關係。」我說。

他把手伸進手術褲口袋，拿出一串鑰匙鎖住他辦公室的門。接著，我們再次繞著病房走廊來到出口。我誠心祈禱這是我最後一次繞這段路。

昏暗走廊上的鍵盤一如往常閃著綠光。貝克醫生輸入密碼——就是我試過的那組數字。結果就跟我之前試的時候一樣，只聽見那相同的蜂鳴聲。

「可惡。」他低聲說。「搞什麼。」

「你能修嗎？」

「可能吧……」

他看起來沒什麼把握。我根本沒想過他可能不會修。畢竟，貝克醫生是主治醫生。他什麼都能搞定。

「上次發生這種狀況是維修人員修好的。」他摸著下巴說。「我去叫雷夢娜過來，看看她有沒有什麼好主意。」

「不要！」我激動地說。

他的眉毛挑到髮際線那麼高。「怎麼了？雷夢娜在這裡工作比我久。要說有誰可以修，也只有她了。她是專家。」

「她修不了。」我堅持道。「我已經問過她了。」

他手一揮。「我相信如果我們一起動動腦，一定可以想出辦法的。我去叫她。」

真是好極了。我不但沒有找到離開這裡的方法，可能還連累了貝克醫生。我準備開口反對，但一陣暈眩感朝我襲來，彷彿今晚發生的大小事總算把我給擊垮。

「艾咪？」他皺眉。「你還好嗎？」

「還好……只是有點……頭暈。」

貝克醫生把我扶到員工休息室，我剛碰到沙發，就立刻倒下去。我的雙手抖個不停。

「你不會暈過去吧？」他問。

「不會的。」我勉強說。

他嘆了一口長氣。「我很抱歉。今晚真是一團亂。我先搞清楚大門密碼吧。我保證，我們會讓你毫髮無傷地回家。再撐一下。」

我不希望他離開我，但我還來不及說話，他就走出門外。我猜他的首要任務是確保我們有個緊急逃生出口。我也很感激他總算認真看待目前的情況，然而我對外面的一切感到害怕。

萬一貝克醫生不回來怎麼辦？萬一他像卡麥隆一樣消失了呢？

我把頭往後靠著沙發，閉上雙眼。暈眩感逐漸消退，但我還是覺得不安。一個瘋子在病房裡到處遊蕩。至於潔德……我不太清楚她的定位。但她從高中開始就對我懷恨在心。

潔德永遠不會原諒我。我做了我該做的事——那件事我根本別無選擇。我不可能讓她殺了我們的數學老師。但她永遠不會懂。

貝克醫生人呢？他現在不是早該回來了嗎？整棟病房繞一圈只需要一分鐘。他離開至今過了多久了？

潔德和雷夢娜對他做了什麼嗎？這是他到現在還沒回來的原因嗎？

我從口袋裡拿出手機，查看時間。天啊，怎麼那麼晚了？但總算是快天亮了。不管怎樣，我都要離開這裡了。

就在這時，我的心跳突然一陣加速：

手機有一格訊號！

雖然只有一格，但已經是我整晚收到最強烈的訊號。我把手機舉高，一條蓋比傳來的訊息讓手中的手機震動起來。太棒了！我可以打電話求救了！我終於可以離開這裡！

我點開蓋比幾個小時前傳來的訊息，就在我剛到D病房傳訊息告訴她貝克醫生很帥後不久回傳的。天啊，我當時在意的重點可真不一樣。她的訊息內容佔滿整個螢幕。

你覺得貝克醫生很帥？？？你瘋嘍，貝克醫生差不多快八十歲了吧！！！！

我盯著螢幕上的訊息，心臟都快從胸口跳了出來。

貝克醫生差不多快八十歲了吧！

所以，根據與貝克醫生共事過一週的蓋比所說，他是一個老先生。如果這個病房的主治醫師是個老頭，那剛剛跟我一起待在這個房間的又是誰？

接著，我手機的訊號又消失了。

53

我的處境比我想像的還糟。

我和卡麥隆剛到D病房時，一個三十多歲、穿著手術服和白袍的男人自我介紹說他是理查．貝克醫生，他的白袍上也繡著這個名字。當時他沒有別著員工證，但我沒有想太多。沒理由懷疑他不是貝克醫生。而且護理師雷夢娜也證實是他。

貝克醫生差不多快八十歲了吧！

蓋比沒道理說謊。現在很清楚了，我剛剛一直以為是病房主治醫生的男人並非貝克醫生。接下來的問題，當然就是，真正的貝克醫生在哪裡。因為他是班表上指定的精神科醫師，所以他到底有沒有來過這裡？

我的頭還在暈眩，但我逼自己站起來。我把手機拿高，祈禱能收到一兩格訊號。只要這樣就能打電話報警了。我來到窗邊，像先前那樣把手機緊貼著窗玻璃。

「拜託。」我低聲說。「拜託……一格就好……」

我的禱告沒有實現。

我不能整晚待在這裡，祈禱收到手機訊號。我得想辦法逃走。因為我開始清楚意識到，我在D病房沒有任何朋友。早就沒有了。

可是，所有的門都上了鎖，我該怎麼離開這裡？

我回想今晚發生的所有大小事，想起米高對著插座尿尿，結果一切開始急轉直下，導致整層病房大停電。當初我以為是幕後黑手故意搞的鬼，但現在沒那麼確定了。也許真的只是米高在發神經，不小心把燈全部弄熄。室內電話不通我覺得是有人故意弄的，但停電是真的，我認為這兩件事應該沒關係。

如果再停電一次，門鎖會不會跟著解開呢？

值得一試。

水槽邊擺了一排馬克杯。我拿起其中一個，上面寫著「如果你很高興，你就跟你的醫護人員拍拍手」的字樣。我打開水龍頭，裝滿溫水，走到插座前。

只能拚拚看了。

我直接把水往插座一倒，盡量讓水進到插座裡。剎那間，火花四濺。我仰起頭，看向頭頂的燈。燈光閃了一下。

接著，燈滅了。

如果我還有機會，就是現在了。我從口袋拿出手機，打開手電筒的功能，我用手電筒照了照整間休息室，最後找到了門。接著我拔腿狂奔。

病房大門就在我的左手邊。我只需要抓著門把，就能馬上逃離這裡。但在這之前，我發現自己猶豫了。我發現自己的視線被吸引到隔離病房的方向。尤其是一號隔離病房。

你難道不想看看裡面有什麼嗎？

我把手電筒照向一號隔離病房。總是閃著綠光的鍵盤已經是漆黑一片。戴蒙．索耶就是趁這個時候逃走的嗎？還是他仍在房間裡，等待我開門時一躍而上？

就在這時，一個可怕的念頭閃過腦中。

只要有人離開病房，大門警報就會響起。那聲音就像警笛——你人在哪裡都聽得見。但從我踏進D病房那一刻起，就沒聽過那個聲音。

假設卡麥隆家裡有急事離開病房好了。但如果真是這樣，我們應該會聽見大門傳來的刺耳警報聲才對。這表示……

卡麥隆一直沒有離開。

如果他離開這扇大門，我肯定會聽見警報聲。這表示他肯定還在這裡。既然其他地方都已經找過了，只剩一個地方可能會找到他了。如果他真的在那裡——如果戴蒙．索耶不知用什麼方法抓住他，把他拉進去的話——為了卡麥隆，我必須趁他出事前試著救他。

我非得看看這扇門後面有什麼才能離開這裡。這只要一下下的時間。

我握住門把，很輕鬆就轉開了。門鎖果然像我預期的那樣解開了。我用力把門拉開，用手機光照進漆黑的房間。

我把頭探進房間時，雙腳開始不停顫抖。喔，不。喔，老天啊。

我根本不該打開這扇門。我應該趁還能逃的時候趕緊離開。

54

一號隔離病房瀰漫著濃濃的血腥味。

我有幾個同學已經開始在外科實習了，每次聊到他們旁觀過的手術時，都沒提過血腥味的問題。這個房間卻充斥著這個味道——一股帶有金屬味的強烈氣味，在我凝視這個漆黑的狹小空間時，直衝我的鼻腔。

這個房間有死人的氣息。

我應該拔腿就跑。聞到血腥味的那瞬間，我就該知道要跑了。但我僵在原地，手裡緊緊抓著手機。我想別開目光，但做不到。我只知道我到死都不會忘記這一刻。即便夜裡閉上眼睛入睡，這個房間的樣子也會永遠在我腦海浮現。

手電筒的光先照向床鋪。床上有個女人。一個約莫八十歲的嬌小婦女。她凝視著天花板，嘴角有一滴血，整個人一動也不動。

是瑪麗。瑪麗・康明斯。

她終於跟她的丈夫團聚了。

我把手電筒的光從瑪麗的屍體上移開。但這是個錯。因為手電筒接下來照亮的，是躺在房間角落的一具人影。一個身穿藍色手術衣、體格有如運動員的男人。光線照到他的雙眼時，只見他目光空洞地望著前方。

我用手捂住嘴巴。「卡麥隆。」我輕聲說。「卡麥隆……」

他也死了。我甚至不必確認。儘管我氣他與我分手的方式，但我不希望他淪落這種下場。我只希望他稍微受點苦，然後繼續過生活，成為外科醫生，或做任何他想做的事。如今，這永遠不可能了。

我差點把手機掉在地上，但我把手電筒放低，才發現地上還有兩具屍體。殺戮還沒結束。

第一具屍體是一名女性。我不認識她，但她就跟瑪麗和卡麥隆一樣動也不動。她臉朝下躺臥在地，手腳張得大大的，全身只穿著內衣褲。

然後是最後一具屍體。

屍體是一個老人，看起來大約七十多歲，留著濃密的灰白鬍子。他和女人一樣，只穿著內衣褲。我注意到他的肩膀上有一塊瘀青，是他撞門撞出來的。我把手電筒照向他的頭部，隱約可以看到他的頭骨凹了一塊很深的洞。

「我一開始以為他死了。」一個聲音從我後方傳來。「結果他沒死。他站起來，拚命想要逃出這該死的房間。幸好第二次我打中他的腦袋，效果好多了。」

我轉身，把手機當作武器高舉空中。他就站在那裡，站在我的正前方。那個整晚都他媽假裝是貝克醫生的傢伙。假裝在照顧這些病人，事實上，卻不過是一個冒牌貨。

就在這時，電燈閃啊閃地重新亮起。發電機恢復運作了。

我逃跑的機會就此消失。我那時候真應該趕快跑的。我再也不可能有那種機會了，他一定會想辦法阻止我。

「你比我想像的聰明。」他抬頭看著上方的日光燈。「要不是你他媽好奇心那麼重，搞不好真的逃掉了。佩服佩服，我說真的，艾咪。」

我退後一步。「離我遠一點……」

「你為什麼這麼害怕？」

「我不知道你是誰，但我知道你不是貝克醫生。」

「你說對了——我還沒自我介紹呢。」他對我微笑，那對酒窩再次浮現。他確實很帥——我可以理解潔德為什麼喜歡他。「我叫戴蒙。戴蒙・索耶。很高興終於見到你了，艾咪。真是久仰大名啊。」

55

幸好我扶住了牆，才沒讓自己暈過去。

這段時間，我一直以為怪物關在一號隔離病房。我以為他在走廊上閒晃，藏在陰暗的角落裡。結果從頭到尾，他都在我眼前。

走廊傳來腳步聲，越來越接近。潔德和雷夢娜從轉角出現時，我體內的膽汁都湧了上來。現在變成三對一了，不過我就算跟戴蒙．索耶單挑也沒有勝算。

「你找到她了！」潔德的臉綻開笑容。「她在哪裡？」

戴蒙轉頭看她，臉上流露的愛意藏都藏不住。「她在查看隔離病房，欣賞我們的傑作。」

「你有什麼感想啊，艾咪？」潔德那雙有黃色斑點的藍眼睛直視著我。「你還以為我這輩子永遠幹不了大事呢……」

「我從來沒那麼說。」我喃喃自語。

潔德走到我旁邊，眼睛簡直要把我看穿。「你是沒說過，但你有想過，對不對？」

她說的也不完全是錯。「潔德……」

「不過艾咪，我對你挺失望的。」她若有所思地說。「我一直以為你很聰明，結果什麼都沒發現。你竟然相信我，而不是相信那個書呆子記者。你明明知道我超會說謊。」她崇拜地看著她的男友。「最扯的是，妳竟然相信他。」

戴蒙抓住胸口。「嘿，你的意思是我不值得信任嗎？」

「你確實表演得非常出色。」她承認道。「你成天看那麼多心理學的書，總算是值得了。」

「謝謝。」

潔德對我眨眨眼。「戴蒙真的很棒，艾咪。真希望你是在別的情況下認識他。但那是不可能的，因為你不想在這裡以外的地方跟我有任何瓜葛。」

「我……我很抱歉。」我勉強擠出話說。

她不理會我那敷衍的道歉。「我們認識的方法也很有意思。他們是怎麼說的——命運般的邂逅？戴蒙是我媽的藥頭。你記得她以前一天到晚都在嗑藥吧？對，以前都是他帶藥給她的。」

我不確定這算是命運般的邂逅，但我不打算反駁她。

她冷冷一笑。「就是他帶了好幾種藥給她混著吃，結果她就嗑藥嗑死了。她根本不知道自己吃了什麼。戴蒙在這方面真的很有一套。」

戴蒙咧嘴一笑，露出他的酒窩。「不必客氣，寶貝。」

我驚訝得張大嘴巴。「就是你害她媽用藥過量死掉的？你怎麼可以這麼做？」

潔德臉上的笑容頓時消失。「那女人以前都用菸燙我。你覺得我會後悔給她死嗎？她是罪有應得。」

我想起卡本特太太把菸灰缸往牆上砸的模樣，想起潔德手臂上的可疑疤痕。她求我不要告訴任何人。我當初不該聽她的話。

我犯了大錯。就算她拒絕我，我也應該幫助我的朋友才對。我內心有一小部分覺得，接下來要發生的一切都是我咎由自取。

不。這些人是禽獸。不管是什麼原因讓他們變成這樣，發生就是發生了。我不能讓他們再次害人。

我背靠著牆，努力思索下一步。他們有三個人，我只有一個人。我不喜歡這個勝率。要是威爾沒有昏迷不醒，我可能還有機會。但少了他……

我得幫自己爭取一點時間。潔德是個話匣子。我大概可以跟她一直講話，講到天亮為止。

「我不懂。」我說。「你是怎麼……怎麼辦到的？為什麼沒有人認出你們？」

「這簡單到不行。」潔德說。「真正的貝克醫生這禮拜沒有在病房工作，所以大部分的病人都沒有見過他。」

戴蒙朝堆滿屍體的房間撇了撇頭。「認出我的那些人，我們也都差不多處理掉了。」

當然了。米高和瑪麗早在其他人之前，就咬定戴蒙．索耶在走廊上晃來晃去了。算他走運，那兩個人講的話沒有可信度。我猜如果我打開二號隔離室的門，大概會在裡面發現米高的屍體。

「等早班的人一離開，」潔德說。「我就把隔離病房的門打開了。要拿到那個密碼簡直易如反掌，就像我給你錯誤的密碼一樣簡單。然後等戴蒙出來後，我們就把真正的貝克醫生和雷夢娜解決掉了。」

我的目光移到整晚我一直以為是雷夢娜的女子身上。她正低頭檢查她的指甲，但一注意到我在看她，她就抬頭笑了笑。「我叫妮可。」她說。「我確實是一名護理師。」

「你發瘋前是護理師。」潔德強調道。

其實叫妮可的雷夢娜瞪了她一眼。「你要我幫忙，我也搞定了。」

妮可。瑪麗就是把我和這個病人的名字搞混的。我記得瑪麗說過貝克醫生不會讓她離開之類的話。

我看向別在妮可手術服上的員工證。上面的照片又小又模糊。雖然看起來是有點像妮可，但其實隨便一個有咖啡色頭髮的中年女性都有可能矇騙過去。

「別裝作你在幫我們的忙。」潔德對妮可厲聲說。「你哥可是想把你送進精神病院啊。我們讓你參與計畫，才是幫你一個大忙。你是不是該有點感恩的心？」

妮可皺起臉。看樣子是不必指望她說什麼感激的話了。

「總之呢。」潔德翻了個白眼，回頭看我。「我們不得不處理掉你的好朋友卡麥隆。因為說真的，他是個大塊頭，你們兩個要是聯手起來，會很難對付。但他在明，我們在暗，所以撂倒他還算簡單。」她竊笑一聲。「他應該多花點時間健身，少讀點書。」

「不准你開他玩笑。」我對她厲聲說。「卡麥隆是個非常好的人。他不該淪落這個下場。」

「喔，真的嗎？他不是為了考試把你甩了嗎？」潔德回嘴。

「他還是個討厭的馬屁精。」妮可加上一句。

潔德猛地轉頭，狠狠瞪著妮可。「我們沒有問你的意見。」

「閉嘴好不好，潔德？」妮可回嘴，眼神充滿怒火。「整晚你都搞得自己像老大一樣。我就跟你說艾咪開始起疑了，你有聽進去嗎？當然沒有！你成天講個不停，從不聽人說話。老實說，也難怪艾咪不尊重你！你總是——」

我不知道妮可接下來要說什麼，但她永遠沒機會說了。戴蒙從他的手術褲口袋裡拿出一個看起來像紙鎮的東西，朝她的腦袋狠狠一砸。妮可講到一半停下來，沒一會兒，癱倒在地。她的頭部四周開始湧出一小灘血。

我又退後一步，嚇得張大嘴巴，差點不能呼吸。

「老天啊。」戴蒙說。「她真的越來越煩了。難怪她哥想把她強制送到精神病院。」

潔德面不改色。就算她男友施暴的模樣有一絲絲嚇到她，她也沒有表現出來。「別擔心，艾咪。這一直都是計畫的一部分。今晚只有我和戴蒙會活下來。妮可只是個拖油瓶。」

我看著他們兩人，想知道能不能跟其中一人講道理。潔德嘛——我之前試過。我很努力想說服她別做壞事，卻是徒勞無功。但話說回來，她曾是我最好的朋友。我們認識對方一輩子了。真到了緊要關頭，她應該不會真的傷害我。

對吧？

如今我知道戴蒙的真面目後，才注意到他的褐色雙眼閃爍著瘋狂的光芒。連他的髮型也變得越來越狂野，整個炸開亂翹，不再像剛值班時那樣整齊梳好。我第一次聽到那個關在隔離病房的男人時，總覺得他們在形容的是一頭怪獸。如今我看著戴蒙・索耶，看到的也是如此。一個因為女人很吵就用紙鎮砸她的頭，把她殺掉的男人。

不，不可能跟這傢伙講道理。只能是潔德，不然就沒人了。

「潔德，」我說。「不管你有什麼打算，都不是非做不可。現在回頭還不算太遲。」

「你真的這麼想嗎？」她朝一號隔離病房的方向點點頭。「你真的覺得還不算太遲嗎？」她說的非常有道理。

「你永遠都覺得自己最聰明。」她說。「永遠都覺得比我厲害。哼，今晚換我說了算。」

「我沒有比你厲害。」我激動得破音。「我沒這麼想。我從來沒這麼想過。」

「你當然有了！」潔德厲聲說。「你一直都是這樣！你就是那個每次考試都拿A、老師最疼愛的學生。而我就是那個瘋子。你根本不知道當我是什麼感覺。」

戴蒙咧嘴一笑。「你應該在她的蜜桃冰茶裡加多一點迷幻藥才對。」

我感覺戴蒙剛剛彷彿狠狠揍了我一下。我的世界一瞬間天崩地裂。「什麼？」

潔德低下頭，但戴蒙只是自顧自地大笑。「說吧，潔德。她都要死了——你起碼應該告訴她你以前對她做了什麼好事。真的很好笑。」

「你不會吧！」我大聲說。

潔德聳聳肩。「你一天到晚都在喝蜜桃冰茶。要摻點東西進去簡直易如反掌，像是趁你去上廁所的時候，或是……你懂的。」

「我的天啊。」我捧著我的臉。「我以為我要發瘋了。原來從頭到尾都是你在給我下藥？你怎麼能這樣對我，潔德？」

「沒那麼嚴重啦。」她嘛起下嘴唇。「你以前真的是個老古板。摻點藥大概有幫你稍微放鬆一點。不過沒有讓你變得比較好相處就是了。」

我真不敢相信。當初我開始到處看見那個小女孩的時候，我以為我的腦袋壞掉了。我這輩子從沒那麼害怕過。結果原來只是我最好的朋友偷偷背著我在我該死的飲料裡下藥。

但這如釋重負的感覺稍縱即逝。我還是跟兩個極度危險的人物一起困在這個上鎖的病院裡，無路可逃。

「言歸正傳。」戴蒙低頭看了看手錶。「我們最好快點動手。很快就要天亮了。」

我的心一沉。「動手？你們要做什麼？」

潔德不理會我的問題。「你說得對，戴蒙。要我去把松節油拿過來嗎？」

松節油？

戴蒙把沾滿妮可鮮血的紙鎮在兩手之間拋來拋去。「說實在的，誰蠢到會在精神病院裡留下一罐松節油啊？根本就是想讓這整個地方燒掉。」

我記得翻看戴蒙的病歷時，上面寫他還是孩子的時候有縱火的紀錄。他好像特別喜歡玩火。兩人死亡。

「不。」我輕聲說。「你不會這麼做的……」

他對我眨眨眼。「你不是說過這裡發生火災的話很危險嗎？」

我準備往他的方向前進，但一步都還沒踏出去，戴蒙就把鎮紙在頭頂高高舉起。我想起大理石砸在妮可腦袋上的模樣，不禁愣在原地。

不，不是現在。還不是時候。

潔德走回護理站後方，拿出一個水桶。她開始邊哼著歌，邊把那腐蝕性的東西灑在地板上，把地板弄得濕答答，還故意在妮可的屍體上也灑了一些。

「你不能這樣。」我聲音嘶啞地說。「你不能因為生我的氣就把這些人都殺光。這是不對的。」

「喔，你少臭美了。」潔德嘲諷地看著我說。「這跟你沒關係。我和戴蒙想要有個全新的開始，所以最好的方法就是把精神病院燒個精光，假裝我們兩人都葬身火場。」她得意一笑。「不過我在這星期的值班名單上看到你的名字時，我確實很興奮可以趁機跟你玩玩。我們本來昨晚就要動手的，但決定為了你改變計畫。」

「她說的是真的。」戴蒙附和說。「潔德硬是要我多等一晚。她想必真的很討厭你。」

我想像整個病房陷入火海，手心開始冒汗。我想像火舌在我的腳邊燃燒，溫度越來越高。我聽說活活被燒死是很痛苦的死法。

但還不到絕望的地步。他們兩人如果不想一起被燒死，就一定得離開這裡。等他們一走，我可以再把電路燒壞，這樣我就能逃出去了。

但就在這時，我看見潔德蹲在地上，翻找妮可的口袋。她拿出一支針筒的時候，我的心涼了一截——那就是妮可剛剛插進威爾手臂的同一種針筒。

「我們也沒那麼無情。」潔德說。「你整個過程都會陷入沉睡。我們會讓你睡著，等你醒來就已經死了。」

不，天啊，不。

「戴蒙。」潔德說。「要不你把她壓住，我來幫她打針？」

他又對我眨眨眼。「這計畫不錯喔。」

「拜託。」我的眼眶滿是淚水。「潔德，你不能這樣對我。我求求你。」

她皺眉看著我。

「我們是最好的朋友。」我擦掉淚水，一邊提醒她。「這對你難道沒有任何意義嗎？」

「最好的朋友。」她嘲弄地重複一遍。「拜託，艾咪。我提議我們一起去吃晚餐的時候，你真該看看你臉上那嫌棄的表情。你連我媽的葬禮都沒來。是沒錯啦，雖然害死她的人是我，但你不知道啊。這是對待最好的朋友該有的態度嗎？」

「對不起！」我大聲說。「我承認，我對你很壞。但我想改變。我想重新認識你。我想再跟你當好朋友。」

潔德的眼神放軟。也許這招有用。她說不定真的會重新考慮她要做的事，然後改變心意。

但就在這時，戴蒙突然放聲大笑起來。「潔德，你該不會真的相信這套鬼話吧？」

就算我們之間曾經有過那麼一點點可能，現在也破滅了。「才沒有，別傻了。」她抬頭看牆上的時鐘。「動手吧。」

沒辦法阻止了。現在只剩我對上他們兩個人。他們會把我弄昏，然後燒掉D病房，而我什麼也做不了。如果只有潔德，我可能還有機會，但對上戴蒙完全沒勝算。他的手臂結實，全是肌肉——他非常強壯。畢竟，他一拳就把妮可敲死了。

我已經走投無路。

56

我退到走廊上，知道我的後方除了那扇我打不開的大門外，什麼也沒有。戴蒙已經把紙鎮放回他的手術衣口袋，現在赤手空拳地朝我走來。不幸的是，光是這樣就夠了。

「艾咪，你就別再做垂死掙扎了。」潔德說。「相信我，這個地方燒起來的時候，你絕對不會想要醒著。我們是在幫你的忙。」

「我們人很好的。」戴蒙加上一句。

「拜託。」我嗚咽著說。「拜託不要。」

我覺得頭暈目眩。他們兩人開始朝我逼近，加上松節油的刺鼻氣味，讓我難以思考。我撞到某個很硬的東西，差點跌倒。我已經無法再後退，背貼在D病房的大門上。綠色鍵盤閃著光，嘲笑著我。我明明有機會離開，卻沒有把握。我這輩子都會為了這件蠢事付出代價，而我的這輩子將非常短暫。

潔德的右手抓著針筒。「好了，抓住她的手臂。」

「不要！」我大喊。

戴蒙伸手準備抓我，我鼓起勇氣，發誓要跟他拚了。雖然威爾比我高，也比我壯，但就連威爾都沒辦法成功反抗他。我大概完蛋了，但沒關係。我還是要奮力一搏。

但攻擊始終沒有襲來。突然間，戴蒙的臉變成了一團白線。他放聲尖叫，開始抓自己的臉。

「發射！」一個聲音大聲叫道。

我傻愣愣地看著眼前這一幕，花了一會兒才搞清楚剛剛發生什麼事。等我會意過來時，簡直不敢相信。是蜘蛛丹。他不知道從哪裡冒出來，丟了一張用牙線做成的網子罩住戴蒙的臉。現在他正在收緊網子，讓戴蒙無法呼吸。

蜘蛛丹比外表強壯得多。另外，看樣子用牙線真的可以做出蜘蛛網。我真不敢相信——卡麥隆是對的。

謝了，卡麥隆。

「住手，你這瘋子！」潔德尖叫道。

她拿著針筒，準備衝向蜘蛛丹。如果我還有機會，就是現在了。我盡全力撲向潔德，把她撞倒，針筒從她指縫中飛走。蜘蛛丹和戴蒙在地上扭打成一團，我則使出吃奶的力氣與潔德槓上。

我從來沒有打過架。我敢說潔德一定打過，此外，她的力氣大得不像話。雖然針筒已經飛到走廊另一邊，她還是有辦法制服我，把全身重量壓在我身上。我開始後悔以前緊張的時候是選擇餓肚子，而不是像其他醫學生一樣暴飲暴食。我現在超需要多個十幾二十公斤。

「我不會讓你活著離開這裡的。」潔德在我面前咬牙切齒地說，一些口水噴到我的眼睛裡。「你休想逃走，過你夢想中的生活，做你夢想中的工作，而我一輩子在精神病院裡慢慢爛掉。這不公平！」

我旁邊傳來喘氣聲。蜘蛛丹壓在戴蒙上方，收緊他脖子上的網子。不過潔德似乎沒發現。她所有注意力都放在我身上。她口口聲聲說我不是她今晚的目標，我打死也不信。

「不管怎樣，」她說。「總之你今天晚上死定了，小妞。」

說完，她雙手掐住我的脖子。

57

我不能呼吸。

潔德的身體重重壓著我的肚子，雙手狠狠掐著我的氣管。我伸手抓她，企圖抓傷她的臉，但她佔了上風。而我每少吸一口氣，就越來越無力。

我開始眼冒金星，雙手在身體兩側漸漸癱軟，我這才意識到直接放棄有多容易。這麼想不是好事，但我不知道我還有沒有力氣對抗這個女人。

但我之前阻止過她一次。也許我還能再做一次。

如果我手邊有武器就好了。

瑪麗的棒針！棒針還在你的口袋裡——拿出來刺她！

我用右手摸來摸去，抓到那冰冷的鋼製棒針。潔德的注意力全部集中在我那張感覺已經發紫的臉上。再過幾秒，我不知道我還能不能正常思考。我只有一次的成功機會。

我用盡所有力氣，把棒針狠狠刺向潔德的肋骨。

我擊中要害了。她尖叫一聲，捧住肋骨，從我身上滾下去。手中仍握著棒針的我，爬到潔德身上，用全身重量壓住她。接著，我拿起棒針，把尖端湊近她的臉頰。

「你敢再給我亂動。」我說。「我對天發誓，我就用這根棒針戳你眼睛。」

潔德的臉漲得通紅，額頭冒汗。「最好是。」她哽咽地說。「你才沒那個膽。」

我把針再靠近一點，就快戳到她的眼白。她輕輕扭動了一下。「你試試看啊！」我咬牙說。

我冒險朝蜘蛛丹和戴蒙的方向看了一眼。讓我驚訝的是，蜘蛛丹竟然擺平了戴蒙．索耶，戴蒙如今不省人事地躺在磁磚地上。牙線在他的皮膚上勒出了深深的痕跡。不得不說，那張網子做得真好。

「我跟你說過我會保護你，艾咪。」蜘蛛丹告訴我。

「你辦到了。」我說。「真的很謝謝你。我不知道該怎麼謝你才好。」

「這對你友善的好鄰居蜘蛛人來說，只是小事一樁啦。」他說。他的聲音依然如機器人般單調，但我敢發誓，我好像聽出了一絲驕傲的語氣。

我還沒想好該怎麼回答他，就聽見D病房的大門傳來咚咚咚的敲打聲。一個男人的聲音響起：「裡面沒事吧？我們聽見有人在大叫。」

我差點笑出來，這裡一點也稱不上沒事。

「我們被鎖住了！」我對門大叫。「拜託幫幫我們！」

男子大叫回應，說他去找人來開門。儘管鬆了口氣，但我仍緊緊抓著潔德和棒針。我一秒鐘都不相信她。她翻臉的速度就是這麼快。所以在大門打開前，我會一直死盯著她。

「都結束了。」她嘶啞地說。「看樣子你贏了。」

我只是拚命搖頭。這層病房起碼死了五個人，包括我以前愛過的男孩。五條人命就這樣沒了。這有一部分絕對是我的錯。我本可以為潔德做得更多。我連我在這世上最好的朋友都救不了，有什麼資格說自己是醫生？

這一切或許是結束了，但我絕對沒有贏。

58

我一直等到警報響起，聽見D病房的大門發出「喀」的一聲，我才放掉棒針，鬆開緊抓潔德的手。

大門一打開，我就馬上站起來，把針筒丟得遠遠的。我把雙手高舉頭頂以策安全。這裡發生了很多壞事，我不想讓人覺得這一切跟我有關。

潔德也連忙爬起來，拚命撫平她的金髮，不讓髮型看起來太凌亂。我大概也該這麼做。我的頭髮只剩下百分之五左右綁在馬尾上，其他頭髮要嘛散落在臉頰兩側，要嘛高高翹起。不過我至少沒像她那樣妝全花了。

一個男人衝進病房。他是維修工人，我過去兩年好像有見過他。他有一頭白髮，啤酒肚掛在皮帶上，識別證上用大大的黑色字體寫著「查克」。我好奇他認不認識我。大概不認識。學生那麼多。

查克跌跌撞撞走進病房，眼睛瞪得超大。他看到頭髮凌亂、睫毛膏整個暈開的潔德，看到雙手高舉空中的我，臉被牙線罩住、躺在地上的戴蒙，以及看起來得意洋洋的蜘蛛丹。

「這裡到底發生什麼事？」查克咆哮道。

他根本不知道這只是冰山一角。他還沒看到隔離病房裡的景象呢。

「她攻擊我！」潔德把眼睛一抹，狠狠瞪著我。「她是瘋子。謝天謝地你來救我們了！」

「她說謊。」我掩飾內心的情緒，用一種冷靜鎮定的聲音說。

查克看看我，再看看她。他一定得知道她是病人，而我是……嗯，雖然還不是醫生，但絕對不是病人吧——雖說我低頭看向胸口時，發現我的員工證在扭打過程中掉了。

查克肯定看得出來我是正常的那一個。

對吧？

終於，他的目光落在我身上。「我認識你。」他說。「你是在解剖學實驗室，老是忘記自己置物櫃密碼的那個醫學生。」

雖然丟臉，但他說的完全正確。我大一的時候，至少拜託查克幫我解鎖三次。我向來不是很擅長記數字。

「就是我。」我說。

「同學，你叫什麼名字？」

「艾咪。艾咪・布里納。」

「很好，艾咪。」他用力點頭。「我只聽你一個人說。今晚這裡發生什麼事？」

＊＊＊

查克聽完我簡單陳述事情的來龍去脈，再看了看一號隔離病房的狀況後，打電話報警。其他幾位醫院的工作人員也跟著來到D病房評估損傷，同時把潔德和戴蒙帶走。戴蒙短暫失去意識，但保全一來他就醒了。不過被牙線勒住脖子讓他沒了反抗力。一個識別證上寫著海瑟的護理師把我拉到一邊。「還有其他人受傷嗎？」她問。

蜘蛛丹看起來……呃，好得不得了。接著我想起二號隔離病房。「那裡也有一個病人。他叫米高。」

隔離病房的門就跟大門一樣，也失效了。查克必須手動重置密碼，所有人都退到後面讓他工作。我看著他，胃一陣翻攪。米高安然無恙待在裡面的機率有多高？

門一打開，我馬上看見當初妮可沒能清乾淨的那些血。草莓果醬——我怎會相信那是草莓果醬？地板到處血跡斑斑，但我看不清楚，因為急救人員已經衝了進去。我只知道潔德當初把我騙得有多慘，竟然讓我懷疑起自己。

「沒脈搏！」有人在病房裡大喊著說。

儘管我早料到了，還是感到一陣鼻酸。今晚又多了一條人命。希望這是最後一個。

幾個病人從房間走出來想知道這場騷動是怎麼回事。工作人員拚了命想把他們留在房裡，但病人實在太多了，工作人員也忙著處理那些屍體自顧不暇。克林慢慢走出來，閃過一個想要攔下他的護理師。他這傢伙還真精明。

「艾咪！」克林．伊斯威特叫道。他仍拿著那包蘇打餅乾。

我不曉得他竟然知道我的名字——真尷尬，我到現在都還不知道他的名字。在我腦中，他就是克林．伊斯威特。我想擠出微笑，但嘴唇不肯配合。「快回你的房間去吧，先生。」

他那雙過度濃密的白色眉毛皺在一起。「瑪麗還好嗎？」

我不忍心跟他說實話。「還好，她會沒事的。拜託，請你回房間吧。」

反正他永遠不會知道真相。他只會以為她出院了。沒必要讓他知道她死了。

「好吧。」他在那袋蘇打餅乾裡翻找，拿出一個小包裝。「你看到她的時候，可不可以把這個給她？」

我接下那包餅乾，放進手術衣口袋。「沒問題。」

克林乖乖拖著腳走回房間時，我突然想起一件可怕的事。我回頭看向906號房——少數仍待在房裡的病人。我抓住在二號隔離病房門口徘徊的海瑟。「你得去看看906號房的病人。」我急忙告訴她。「他們不知道給他下了什麼藥。」

海瑟點頭，門都沒敲就直接衝進906號房。我聽見房間的彈簧床發出的嘎吱聲，幾秒鐘後，頭上的廣播響起：

藍碼906號房。

我不必查看識別證背面的小指南，上面列出了不同顏色代碼的含義。「藍碼」是心肺驟停。

我的天啊。威爾心肺驟停了。

不，不要再來一個。我再也受不了了。

我讓到一邊，急救小組推著急救車衝進房間。我很快往裡面看了一眼，但只看見有人在幫他插管。這不是好兆頭。沒一會兒，他們把他抬上擔架，帶著插管的威爾與我擦身而過。他們推送他的同時，一名護理師正用甦醒球往他肺裡打氣。

「嘿。」海瑟抓住我的手臂。「你知道他們給了他什麼藥嗎？」

我覺得口乾舌燥，差點說不出話。「我想是安定文。」我聲音沙啞地說。「他……現在情況怎麼樣了？」

她臉色凝重地看了我一下。「他沒有呼吸了。」

下一秒，他們就出門消失了。我猜他們大概要把他帶到樓下的加護病房。但至少他還活著。他還有機會活下來。

拜託讓他活過這一晚。

59

警方已經質詢我一個多小時了。

平心而論，這個故事很長，細節又多。雖然是非常瘋狂的故事，但他們並沒有把我當瘋子看。他們很專心聽我說，把我說的一字一句都寫在小筆記本上。

「你這晚過得還真精采。」一個留著黑髮、名叫莫雷諾的高大警官說。

「是啊。」我的雙手已經抖了一個小時，我不確定有沒有停下來的一天。幸好我不想當外科醫生。「你要把潔德和戴蒙帶去哪裡？」

「監獄。」莫雷諾說。「別擔心——他們再也無法傷害你了。」

當然，在他們做出那麼多事之後，這句話沒能帶來多少安慰。病房裡有五具屍體，威爾則在樓下的加護病房，喉嚨插著管子才能呼吸。

我越過莫雷諾的肩膀，看見他們從隔離病房推出一個擔架。不同於威爾被推出病房的速度，他們現在完全不趕時間。那個房間裡的所有人都已經死了。擔架上放了一具屍體，從頭到腳蓋著白布。

這時，擔架撞到地板的裂縫，有東西從白布底下掉了出來。我愣了一會兒才知道是什麼。是一包Ring Dings奶油夾心蛋糕。

白布底下的人想必是卡麥隆了。從那魁梧的身形，我早該猜到了——他大學是橄欖球校隊。我的手緊緊捂著嘴巴，眼眶充滿淚水。我們最後一次談話時，我對他真的很過分。他想表達善意，我卻拒絕了他。

但老實說，我並不知道那會是我們最後一次說話。

而現在他死了。他再也不會成為骨科醫生，再也不會成為任何人。這怎麼可能？他才二十四歲。對，他並不完美，但他是好人。他只是想在別人受傷後，幫助他們恢復健康。

「你還好嗎？」莫雷諾問我。

我考慮說謊，打算表現得堅強，結果我卻搖了搖頭。「不，一點都不好。」

手機在手術衣口袋裡震動起來。如今病房大門打開，看樣子我們又收得到訊號了，不過我一直都忙得沒時間看手機。未來有一天，我必須告訴其他人這裡發生了什麼事，但我還沒準備好。還沒那麼快。

有空檔時，我倒是做了一件事。我在網路上查詢《每日紀事報》，找到一份員工名單。他就在上面，最後一排第三位，連同一張彩色照片。威爾．舒菲爾德，駐報記者。

他從頭到尾說的都是實話。

我的手機再次震動，我從口袋裡拿了出來。蓋比傳來一大堆訊息，內容夾雜好奇、憤怒和擔憂。我直接跳到最後一條訊息：

你在哪裡？？？這裡超多警車的！

我清清喉嚨。「嘿，我可以離開了嗎？我室友在外面等我，而且我整晚都沒睡。」

莫雷諾猶豫片刻。「好吧，不過我要給你我的名片。等你休息好，立刻打電話給我。我們有很多話要談。」

這我毫不懷疑。

走在前往電梯的走廊上時，我覺得自己彷彿置身迷霧之中。昨晚，我才以反方向走過一模一樣的路。那時候的我是完全不一樣的人。我彷彿踏進了平行宇宙，人生在一夜之間徹底改變。

進電梯後，我考慮前往加護病房一趟。我急著想要知道威爾怎麼樣了。但蓋比在樓下等我，我也不知道加護病房在幾樓。到家後我再打電話吧。如果我還有勇氣再次踏進這棟建築物，我說不定會去探望他。

電梯下樓的速度就跟上樓一樣緩慢。電梯裡有幾個人，他們都不知道昨晚在九樓發生了什麼事。我相信大多數的人知道有事不對勁，但詳細情形大概在接下來的二十四小時內才會傳開。跟那麼多人擠在一個小空間裡，他們卻完全不知道我剛剛經歷了什麼，感覺好不真實。

我倚著電梯一側，頭靠在金屬表面上。過去幾小時，我一直靠著腎上腺素硬撐，如今疲倦感如千斤頂一樣襲來。到了這個節骨眼，我站著都能睡著。我的眼皮越來越重，有一瞬間，我幾乎真的要睡著了，結果手機突然又震動起來。是我媽傳來的訊息。

你這週末忙嗎？我想說明天可以跟你吃個中飯。

跟我媽吃中飯？天啊，聽起來好累人。然而，我卻發現自己打了：

沒問題。

然後是：

我愛你。

這麼說可能不大妥當。幾乎是下一秒，螢幕上就出現了一則訊息：

我也愛你。一切都還好嗎？？？？？

接著，我告訴我媽我這輩子說過最大的謊：

很好。

我把手機放回口袋，這時電梯門正好打開。一樓大廳到了。

我沒想太多，雙腳開始帶著我往前走。我走啊走，走到醫院大門口，接著在入口處東張西望，最後看到停在最旁邊的灰色豐田汽車——十二小時前載我來這裡的那輛，雖然感覺像十二年前的事了。有人對蓋比按喇叭，但她沒有移車。她拚命對我招手。

我走到車旁，沒打招呼就坐進副駕駛座。蓋比對我露出微笑。「我以為他們要拖走我的車呢。」她說。「醫院裡肯定發生超誇張的事。你有看過這麼多警車嗎？」

「應該吧。」我喃喃地說。蓋比遲早會得知昨晚發生的一切。她會得知我們的同學死了。但現在，我暫時不想再提起這件事。

「所以你覺得貝克醫生怎麼樣？」她問。「他很棒，對不對？」

「嗯哼。」

「如果我決定走精神科這條路。」她說。「我希望他當我的指導老師。」

蓋比轉動鑰匙，引擎隆隆發動起來。我在手術服口袋裡翻找，把那包蘇打餅乾推到一邊。過了一會兒，我拿出那個皺巴巴的塑膠包裝，是我臨走前偷偷從D病房的地板上撿起來的。

「Ring Dings！」蓋比大聲說。「你的最愛！你在哪裡買的？」

「卡麥隆帶給我的。」我喃喃地說。「他，呃……他今晚跟史蒂芬妮換班。」

「喔，哇。」她嘆口氣說。「跟你說，我上禮拜遇到他，他問我你有沒有可能跟他復合。我告訴他絕對不可能。我說你恨死他了。」

我用牙齒撕開塑膠包裝。「喔……」

「但我一直在想，他其實也沒那麼壞。」她說。「我的意思是，他是白痴沒錯。但他很喜歡你。你覺得你們有可能復合嗎？」

我沒回答她的問題，用牙齒咬破塑膠袋，把袋子整個撕開。「你要吃一塊嗎？」

「當然，我怎麼可能會拒絕巧克力蛋糕呢。」

我把一塊巧克力蛋糕遞給她，自己咬下另一塊。我閉上眼睛，享受著巧克力和奶油融合的味道。這是我這輩子最後一次吃Ring Dings了。

後記

一年後

我安然無恙地度過了醫學院三年級。算是吧。

學期剛開始的時候，我還以為我要完蛋了。沒想到，隔年七月，我會坐在星巴克角落的一個位置上，喝著冰髒柴拿鐵。一年前，我八成連冰髒柴拿鐵是什麼都不知道。是我男朋友介紹我喝的，而現在我竟然有點上癮了。如果哪天我想戒掉，可能得去參加互助團體。

我喝了一口拿鐵。真好喝。甚至比蜜桃冰茶還棒。不過還是沒能贏過Ring Dings奶油夾心蛋糕就是了。

我放下飲料，把手舉高，我的約會對象正從門口走來。這個害我拿鐵上癮的罪魁禍首。威爾·舒菲爾德。

威爾一見到我，褐色雙眼亮了起來，接著也舉手跟我打招呼。他今天穿著哥倫比亞大學的T恤和寬鬆的藍色牛仔褲，頭髮被外面的風吹得亂中有序，看起來真的很帥。根本看不出來他一年前才因為被注射過多的鎮定劑而在加護病房待了一晚。我們已經交往四個月，最近認真問過對方，我們算是男女朋友，還是只是玩玩。最後我們決定，是的，我們是男女朋友。所以這就是我們現在的狀態。

「你有幫我點一杯嗎？」他坐進我對面的椅子上時問道。

「你應該有辦法幫自己點飲料吧。」我逗弄他說。

他放聲大笑。我們在一起時總是笑聲不斷，但我們的關係不是因為這樣開始的。嗯，其實是從D病房那晚開始的，威爾在《每日紀事報》寫下他的經歷，我們為了他的專題報導，花了很多時間一起拼湊那天晚上發生的事。由於他在精采的大結局前就昏過去了，所以他需要我幫他重現所有事情的來龍去脈，這也幫助我整理思緒。他也花了很多時間訪問那晚在醫院的其他病人，但他好像一直找不到起初那個啟發他調查D病房的病人。

他後來坦承他其實不必如此頻繁打電話給我。但我們確實有很多共同點——約翰・厄文只是冰山一角，我們都愛的書籍、電影和電視節目還有好多好多——而且我喜歡與他相處。在這段艱難的時期，他的友誼對我意義重大。

他等了很長一段時間才試著讓這段友情進入下一步。我幾個月來，每晚都做著跟那晚有關的惡夢。出席卡麥隆的葬禮後，我又哭了好幾個禮拜。我那時根本沒心情談戀愛，他也很清楚。

他一直等到全國每份報紙都刊登了他的文章，所有人都在大肆討論精神病院那瘋狂的一晚後，才正式行動。那已經是入春的事了，他提議或許我們可以不要吃原本說好的午餐，改吃晚餐然後去看電影。他請客。

我不後悔我答應了他。

「所以你那本書寫得怎麼樣了？」我問他。

「很順利。」他說。「我大概寫完一半了。我等不及讓你看整本書了。」

「你開頭改了很多嗎？」

「一點點。」他不正經地笑了笑。「別擔心。我沒改獻詞。」

威爾那篇關於D病房的報導爆紅之後，出版社爭相邀請他把這段經驗寫成一本書。威爾問過我要不要跟他一起寫，但我的生活已經夠瘋狂了。不過等他把前幾章給我看的時候，我看到一句獻詞：

給艾咪。沒有你，我不可能完成這本書。

他這麼寫我真的覺得很感動。而且，再正確不過。

當然，那晚對我們都造成了陰影。威爾在加護病房待了一晚，後來又住院一週才從肺炎中康復。我們仍會做惡夢，但現在頻率頂多一週一次，而不像過去一晚好幾次。

戴蒙・索耶從蜘蛛網的攻擊中倖存下來（或應該說是牙線網）。他和潔德雙雙遭到逮捕，不過最終，他們被送去專門關精神病重刑犯的精神病院。他們以精神失常的理由辯護，所以不用被判無期徒刑，但我聽說有些精神病院比監獄還慘。畢竟，他們周圍都是跟他們一樣的人。

我毫不懷疑潔德這輩子都該關在牢裡，但我心中還是有一點點好奇這一切是不是有可能避免。如果十六歲的時候，我做了不一樣的事，說不定就可以救她。我只能永遠帶著這份內疚感活下去了。

但我正在努力學習變得更善解人意。經歷了這一切之後，我絕對不可能當精神科醫生了。但我會趁著踏上家醫科的職涯之前，再去門診精神科值班一次。我甚至跟蜘蛛丹成了朋友。等他的藥物調整好，他就出院回到康復之家居住。我一個月會去看他幾次。我們通常會一起看一部超級英雄電影，那是讓他露出笑容的最好辦法。我從我們的友情中學到很多，未來我希望盡我所能幫助有精神問題的病人。我不希望再有人淪落到潔德的下場。

畢竟，沒有什麼比失去理智更糟的了。

「我真的太替你興奮了。」我隔著桌子握住威爾的手。「這本書一定會大賣。我有預感。」

「沒有你，我絕對辦不到。」他緊握我的手，認真地看著我。「真的。我不知道沒有你我該怎麼辦。」

「那也許你就不該沒有我。」

「希望永遠不會。」

說完，我們像兩個傻瓜一樣對彼此咧嘴一笑。我很喜歡卡麥隆，我也很想念他，但我和他的感情從來不是這樣。在我交往過的男生當中，威爾是第一個讓我覺得我們之間有可能發展成更進一步的關係。像是，永遠在一起的那種。

不過現在還言之過早。我們才在一起四個月而已。就因為我覺得他可能是對的人，而且我常常開心得像個傻瓜，我也不想太得意忘形。我們有的是時間。

「嘿。」我從座位上站起來。「為了獎勵你寫書寫得那麼順利，我還是去幫你買那杯冰髒柴拿鐵吧。」

「哇，你簡直是完美的女人。」

我去櫃檯幫他買飲料時，威爾開始滑手機看電子郵件。他每次先到都會幫我買，我也應該禮尚往來。

幸好，沒什麼人在排隊。我點完餐，靠在櫃檯邊，等著咖啡師做飲料。威爾仍坐在我們的座位上滑手機。他注意到我在看他，很快給我一個可愛的微笑，目光又繼續回到手機螢幕上。威爾真的很棒。他讓我好想在筆記本上寫滿肉麻的詩，形容他那雙迷人的褐色眼睛。我覺得我們真的很有機會一直走下去。結婚，生兩三個小孩，養一隻黃金獵犬，住在一棟有白色尖籬笆的房子裡。

「你配不上他，你知道吧。」

我聽到這個聲音微微嚇了一跳。我垂下眼，心一沉。

一個漂亮的小女孩站在我面前，好像在幫自己排隊買冰髒柴拿鐵似的。她的鵝蛋臉兩側掛著金色捲髮，穿著一件完美無瑕的粉紅色蕾絲洋裝。那雙熟悉的藍眼睛直視著我，臉上的表情高深莫測。

我討厭這個小女孩。超級討厭。

我別開目光，試圖像往常一樣不理她。但她是不容忽視的。「他大概很快就會甩掉你了。」

她說。

我轉頭看著咖啡師做飲料，著迷地觀察著每一個步驟。我好奇他們怎麼會知道那麼多飲料的作法。他們有上過什麼課嗎？咖啡入門班之類的？

「他會甩掉你，就像卡麥隆那樣。」小女孩加上一句。「就像每個甩掉你的人那樣。」

「閉嘴。」我壓低嗓子輕聲說。

她那粉紅色的弓形嘴唇彎成一抹微笑，很得意她終於成功惹毛我。「你知道我說的是真的，艾咪。威爾會像其他人一樣傷透你的心。」

「閉嘴。」我咬著牙說。

「除非你先殺了他。」

我盯著小女孩甜美的臉龐，她仍抬頭對著我笑，但我嚇得下巴都快掉下來了。明明幾分鐘前我感覺還不錯的。為什麼？為什麼她老是要——

「小姐？」

咖啡師已經做好我的飲品，正想引起我的注意。我從她手中拿走那杯冰髒柴拿鐵時，雙手抖得好厲害，差點就鬆手掉在地上。等我回頭看向小女孩剛剛所在的位置，那裡已經空無一人。她消失了。

一如既往。

但她永遠不會完全離開我。每當我喝下摻有迷幻藥的蜜桃冰茶時，就經常看到她。可是即便潔德離開我的生活後，我仍時不時會看見那個小女孩。至今已經九年了，除了潔德外，我從未告訴過任何人。我不知道她偷偷給我下的藥是不是觸發了我體內什麼關不掉的東西，反正那個小女孩總是跟著我。總是。

她也總是叫我做一些事情。不好的事情。

但我是不聽的。當然不聽了。

嗯，大多時候不聽。

我和卡麥隆交往的時候，確實聽了她的話。我從藥櫃拿了一些瀉藥，放進他女友潔西的飲料裡，因為我看上卡麥隆已經有一段時間了，小女孩知道我有多想要與他獨處。她叫我寄一封惡毒的信給決定卡麥隆那筆研究獎學金得主的主任時，我也聽了她的話，因為她知道我不希望他跑到那麼遙遠的海外一整年。

她叫我回去查看一號隔離病房時，我也聽了她的話，而不是馬上逃離D病房。還有她在我耳邊低聲叫我用瑪麗的棒針攻擊潔德的時候也是。我靠自己絕對想不到這一招。

但我不是盲目聽她的話。我可不是她叫我做什麼我就會去做。比方說，我絕對不可能只因為小女孩叫我去殺人，我就去殺人。雖然她最近一直叫我這麼做，感覺越來越頻繁了。但我不會去做的。

畢竟，要我做那種事，除非是我瘋了吧。

Storytella 245

D病房實習夜

Ward D

D病房實習夜/ 芙麗達·麥法登(Freida McFadden)作；周倩如譯. -- 初版. -- 臺北市：春天出版國際文化股份有限公司, 2025.07
面；公分. -- (Storytella；245)
譯自：Ward D.
ISBN 978-626-7735-22-0(平裝)

874.57 114007769

ISBN 978-626-7735-22-0
Printed in Taiwan

作　者　芙麗達·麥法登
譯　者　周倩如
總編輯　莊宜勳
主　編　鍾靈

出版者　春天出版國際文化股份有限公司
地　址　台北市大安區忠孝東路四段303號4樓之1
電　話　02-7733-4070
傳　眞　02-7733-4069
E—mail　bookspring@bookspring.com.tw
網　址　http://www.bookspring.com.tw
部落格　http://blog.pixnet.net/bookspring
郵政帳號　19705538
戶　名　春天出版國際文化股份有限公司
出版日期　二〇二五年七月初版

定　價　370元

總經銷　楨德圖書事業有限公司
地　址　新北市新店區中興路二段196號8樓
電　話　02-8919-3186
傳　眞　02-8914-5524
香港總代理　一代匯集
地　址　九龍旺角塘尾道64號 龍駒企業大廈10 B&D室
電　話　852-2783-8102
傳　眞　852-2396-0050